Maßanzug und Wanderschuhe

„Julia, wo ist denn schon wieder die kleine Tischdecke mit dem blauen Muster?" fragte mich meine Schwester Tina genervt.

„Kannst Du Dir nicht merken, wo Du sie hingelegt hast?"

Ich schüttelte den Kopf, denn ich wusste es wirklich nicht mehr. Ich hatte in den letzten Wochen wirklich viel um die Ohren. Tina würde in vier Monaten ihren Freund Phillip heiraten und ich hatte alle Hände voll mit der Organisation für die Feier zu tun.

Die Hochzeitsfeier sollte in unserer kleinen Pension stattfinden.

Seit unsere Eltern vor zwei Jahren den Betrieb an uns Schwestern übergeben hatten, waren wir für alles allein verantwortlich. Die ersten Monate hatten wir ein paar Probleme uns zu organisieren. Jetzt kümmerte sich Tina um die Reservierungen und ich um alles andere.

Unsere Pension Bergblick hatte insgesamt zwanzig Zimmer und ein Appartement, das im früheren Kuhstall untergebracht war. Das Haus liegt idyllisch in der Nähe von Garmisch-Partenkirchen. Wir hatten schon immer viele Stammgäste, die hier in der Abgeschiedenheit Ruhe und Erholung suchten.

„Ich schaue gleich mal im Bügelzimmer nach!" sagte ich jetzt und grinste verlegen. „Ich meine, dort habe ich sie zuletzt gesehen!"

Wir waren gerade dabei, eines der Gästezimmer herzurichten. Tina legte immer viel Wert auf jedes Detail und sie hatte ein Auge für das Ambiente.

„Dann leg sie doch gleich noch hier auf den kleinen Tisch. Dann sind wir auch schon fertig!" Tina lächelte und nahm mich in den Arm.

„Wann kommt denn Familie Klein?" fragte ich.

Die Kleins waren schon unsere Gäste, seit ich ein kleines Mädchen war. Mittlerweile waren zwanzig Jahre vergangen. Also gehörten diese Gäste schon fast zur Familie.

„Sie werden wohl gegen fünfzehn Uhr eintreffen", antwortete Tina.

„Ich freue mich schon richtig auf die Beiden. Hoffentlich bekommen wir gutes Wanderwetter!" antwortete ich.

Dann ging ich in den Keller und suchte im Bügelzimmer nach der gesuchten Tischdecke. Sie lag tatsächlich auf einem Stapel Wäsche. Ich atmete auf. Mit dieser Tischdecke war Tina eigen. Sie hatte sie als Kind in der Schule selbst bestickt und hütete sie wie einen Schatz.

Nachdem ich sie in das Gästezimmer gebracht hatte, kontrollierte ich nochmal alles. Ich verschloss die Tür und nahm den Zimmerschlüssel mit nach unten an die Rezeption.

Tina schaute auf den Monitor des Computers und kontrollierte, ob sich noch weitere Gäste angemeldet hatten.

„Ich fahre jetzt nach München!" sagte ich. „Ich kann heute mein Kleid für die Hochzeit abholen.

Eine Verkäuferin hat gestern angerufen und gesagt, dass die Schneiderin die Änderungen vorgenommen hat. Ich bin mal gespannt wie es aussieht."

Ich war richtig aufgeregt. Zum einen, weil ich nicht allzu oft in die Großstadt kam und weil ich mich freute, endlich mein Kleid anzuprobieren. Es war mir etwas zu groß und musste deshalb noch geändert werden.

Tina nickte abwesend und machte dann große Augen.

„Da ist gerade noch eine Buchung eingegangen. Jemand möchte unser Appartement buchen. Auf unbestimmte Zeit!!"

„Was bedeutet das denn? Will der Gast hier einziehen?" fragte ich erstaunt.

Tina schaute zu mir hoch.

„Der Gast schreibt, dass er eine Auszeit braucht und deshalb nicht genau sagen kann, wie lange er bleiben will!"

„Das kann uns doch Recht sein. Ein Dauergast bringt gutes Geld!" sagte ich zufrieden.

Ich musste mich jetzt aber beeilen. Man brauchte eine gute Stunde bis München und ich wollte nicht in den Feierabendverkehr kommen.

Mein pinkfarbener Kleinwagen stand im Hof. Als ich mich beim Kauf für diese Farbe entschieden hatte, zeigte mir Tina damals einen Vogel.

„Der sieht ja aus wie ein Kinderwagen. Es fehlt nur noch der Griff zum Schieben!" sagte sie und konnte sich vor Lachen kaum halten.

Ich liebte mein kleines Auto und konnte es auf dem Parkplatz immer schnell wieder finden. Es fiel überall auf.

Heute war das Wetter schrecklich. Es regnete schon den ganzen Tag in Strömen. Deshalb lief ich schnell durch den Regen und war froh, als ich im Auto saß.

In München angekommen, suchte ich einen Parkplatz in der Nähe des Geschäftes für Abendmode, wo ich mein Kleid gekauft hatte.

Dabei übersah ich eine riesige Pfütze und fuhr mit Schwung hindurch.

Den Schwall Wasser bekam ein Mann auf dem Bürgersteig ab, der jetzt wild gestikulierte und mir mit der Faust drohte.

Ich fuhr schnell weiter und hatte ein schlechtes Gewissen.

Nach zwei weiteren Runden um den Block fand ich endlich eine kleine Parklücke.

Mittlerweile hatte es aufgehört zu regnen und es kam sogar die Sonne zum Vorschein.

Als ich den Laden betrat, kam mir gleich eine Verkäuferin entgegen.

„Guten Tag. Ich bin Julia Brunner. Ich wollte mein Kleid abholen", sagte ich.

Man hat mich gestern angerufen, dass es fertig ist!"

Die Verkäuferin lächelte und ging zu einem Auftragsbuch, dass an der Kasse lag.

„Ach ja, sie haben das wundervolle Satinkleid mit der Stickerei ändern lassen.

Ich hole es sofort!" sagte sie und verschwand im hinteren Bereich des Ladens.

Ich schaute mich etwas um.

In diesem Moment trat ein umwerfend gutaussehender Mann aus einer der Umkleidekabinen. Er hatte einen modernen, sicher teuren Anzug an und kam auf mich zu.

„Gibt es zu diesem Anzug auch noch ein passendes Hemd?" wollte er von mir wissen.

„Keine Ahnung. Ich bin selbst eine Kundin!" antwortete ich und musste lachen.

„Oh, entschuldigen Sie! Das ist mir aber peinlich!" sagte der Mann.

„Heute ist nicht mein Tag. Erst werde ich von einer unmöglichen Autofahrerin mit einem Schwall Regenwasser überschüttet und dann trete ich auch noch in ein Fettnäpfchen!" antwortete er.

Ich wurde rot, denn die Fahrerin war ja ich gewesen.

„Das ist doch nicht schlimm!" stammelte ich. „Die Verkäuferin holt gerade mein Kleid. Sie kommt bestimmt gleich wieder."

Der Mann nickte und musterte mich.

Das machte mich noch nervöser und ich war froh, als die Verkäuferin endlich mit meinem Kleid um die Ecke kam.

„Ich bin gleich wieder bei Ihnen Herr Thomas", sagte sie zu dem gutaussehenden Mann.

Der nickte kurz und ging dann zu einem Regal, auf dem die Hemden lagen.

Ich ging in eine Kabine und probierte mein Kleid an. Es passte wie angegossen.

Als ich wieder in den Laden ging, um mich vor einen der großen Spiegel zu stellen, trat der Mann, der wie ich jetzt wusste Herr Thomas hieß, hinter mich und sagte:

„Sie sehen bezaubernd aus. Darf ich Sie fragen, zu welchem Anlass sie es tragen wollen?"

„Zu einer Hochzeit!" antwortete ich.

Er nickte mir freundlich zu und ging dann mit der Verkäuferin in den Bereich für Herrenmode.

Als er sich noch einmal zu mir umdrehte, wurde ich wieder rot.

Ich ging zurück in die Kabine und dann mit dem Kleid über dem Arm an die Kasse.

Die Verkäuferin packte es behutsam in einen Karton und dann in eine große Tüte. Als ich bezahlte, flüsterte sie plötzlich leise:

„Wenn Sie noch ein Autogramm von Herrn Thomas haben möchten, dann müssen Sie nur kurz warten. Er kommt sicher auch gleich an die Kasse!"

„Autogramm? Ist er denn prominent?" fragte ich erstaunt.

„Sie kennen ihn nicht? Das ist Alexander Thomas.

Er ist doch seit seiner Rolle in der Serie „Ein Fall für Kommissar Berg" einer der bekanntesten Schauspieler in Deutschland."

„Ich habe selten Zeit mir Serien anzuschauen!" sagte ich.

Ich nahm meine Tüte und ging zum Ausgang. Die Verkäuferin schaute mir entgeistert hinterher.

Als ich wieder auf der Straße stand, musste ich über diese Situation lächeln.

Ich sollte doch öfter Fernsehen schauen, wenn es dort so gutaussehende Männer gab.

Ich brauchte für den Rückweg etwas länger. Ein LKW hatte eine Panne und auf der Autobahn bildete sich gleich ein Stau.

So hatte ich Zeit, noch einmal über diese Situation in dem Modeladen nachzudenken.

So ein bekannter Schauspieler wie dieser Alexander Thomas, hatte bestimmt viele Verehrerinnen.

Er sah aber auch wirklich gut aus mit seinem dunklen Lockenkopf und den blauen Augen.

Ich hatte mich erst Anfang des Jahres von meinem Freund Stefan getrennt. Er hatte kein Verständnis dafür, dass meine Schwester und ich so viel Zeit in unsere Arbeit investierten. Stefan hatte überhaupt kein Interesse an der Hotelbranche. Nachdem ich ihn um etwas mehr Unterstützung gebeten hatte, packte er seine Sachen und ließ mich einfach sitzen. Ich war ein paar Wochen am Boden zerstört. Jetzt ging es mir langsam besser. Das mit Stefan und mir wäre nicht gut gegangen.

Tina hatte mit Phillip mehr Glück. Die Beiden kannten sich schon seit der Schule. Tina ist fünf Jahre älter als ich. Früher waren wir wie Katz und Maus. In den letzten Jahren haben wir uns zusammengerauft. Seit unsere Eltern uns vor die vollendete Tatsachen gestellt haben, dass wir den Betrieb übernehmen sollten, verstanden wir uns besser denn je.

Im Sommer wollten Tina und Phillip heiraten. Ich freute mich sehr für die Beiden.

Tina wurde von Woche zu Woche nervöser. Die Planung mit allem was dazu gehörte, überforderte sie. Deshalb hatte ich ihr angeboten, sie wenigstens mit allem was die Feier anging, zu unterstützen.

Letzte Woche hatte ich bei einem Floristen die Blumendekoration bestellt und in einer Druckerei die Einladungen in Auftrag gegeben.

Heute konnte ich mein Kleid abholen und hatte damit schon vieles erledigt. Das Hochzeitsmenü hatten sich Tina und Phillip zusammen mit unserem Koch Franz überlegt. Hier war auch alles geplant.

Ich seufzte zufrieden.

Als ich wieder zuhause angekommen war, wurde es schon dunkel.

Ich ging zu Franz in die Küche und bat ihn, mir eine Kleinigkeit zu essen zu machen.

„Na Julia, wie war's in München. Ich war schon ewig nicht mehr in der Stadt!" sagte Franz und hielt sich stöhnend den Rücken.

„Viel Verkehr und Hektik, also hast Du nichts versäumt!" antwortete ich und zwinkerte ihm zu.

Franz grinste und schob einen Teller mit Käsespätzle auf die Durchreiche zwischen Küche und Gaststube. Es roch verführerisch und mein Magen knurrte laut, als ich mich mit dem Teller an einen Tisch setzte.

Tina kam auch gerade in die Gaststube und setzte sich gleich zu mir.

„Endlich Feierabend!" sagte sie zufrieden. „Hat bei Dir alles geklappt?"

Ich nickte und erzählte ihr, was ich in München erlebt hatte.

„Alexander Thomas war im Laden? Und den hast Du nicht erkannt?" fragte sie mich fassungslos.

„Du kennst ihn?" wollte ich wissen.

„Phillip und ich versäumen keine der Folge der Krimiserie, in der er die Hauptrolle spielt!" antwortete Tina schwärmerisch. „Er ist ein toller Mann!"

„Ich verpasse auch keine Folge!" hörten wir Franz aus der Küche rufen.

Wir grinsten, denn er hatte uns wie immer belauscht.

„Dann muss ich es mir wohl auch mal anschauen. Wann läuft es denn im Fernsehen?" wollte ich wissen.

„Immer am ersten Sonntag im Monat!" antworteten jetzt Tina und Franz fast gleichzeitig.

Als ich am Abend allein in meiner kleinen Wohnung im Obergeschoss der Pension war, nahm ich mein Laptop und googelte Alexander Thomas. Ich war neugierig geworden. Er ging mir irgendwie nicht aus dem Kopf.

Es gab unendlich viele Berichte und Fotos über ihn.

Ebenso viele Fotos mit Kolleginnen oder der jeweils aktuellen Freundin. Davon gab es anscheinend einige.

Dieser Mann war ein richtiger Frauentyp.

Ich schaltete den Laptop aus und ging ins Bett.

Am nächsten Morgen schien die Sonne und ließ mich mit einem Lächeln aus dem Bett klettern. Ich duschte und zog mich an. Dann ging ich hinunter in die Gaststube, um die Tische für das Frühstück einzudecken.

Franz hatte schon das Frühstücksbuffet aufgebaut und es roch wundervoll nach frisch aufgebrühtem Kaffee.

Ich ging in die Küche und schüttete mir einen Becher voll ein. Dann stibitzte ich ein Croissant aus einem der Körbchen und stellte mich zu Franz an den Arbeitstisch.

„Hast Du schon die Menükarte für heute ausgedruckt?" wollte ich wissen.

Franz nickte und griff hinter sich in ein Regal.„Heute gibt es eine Suppe, dann Gulasch, Klöße und Rotkohl und als Dessert eine Bayerisch Creme!" sagte er.

„Hast Du auch was für Vegetarier?" fragte ich ihn.

Er kratzte sich am Kopf und antwortete: „Die bekommen ein Gemüsegulasch und einen Kloß!"

„Gute Idee!" Ich klopfte ihm auf die Schulter und trank den Rest Kaffee.

In der Pension boten wir immer eine Halbpension an. Es gab ein Frühstücksbuffet und Abendessen.

Unsere Gäste waren vorwiegend Wanderer, die den ganzen Tag unterwegs waren. Abends machten sie es sich dann in der Gaststube gemütlich.

Unser Haus lag abseits einer kleinen Ortschaft, allein zwischen blühenden Wiesen mit Blick auf die Berge. Früher bewirtschafteten meine Eltern zusätzlich noch eine Milchwirtschaft mit ein paar Kühen. Das hatten wir aufgegeben. Den Kuhstall hatten wir dann zu einem modernen Appartement umgebaut. Die Ferienwohnung wurde gern von Familien gebucht.

Die ersten Gäste kamen jetzt in den Gastraum und ich brachte den Kaffee an die Tische.

„Guten Morgen Frau und Herr Klein, herzlich willkommen!" sagte ich und trat an den Tisch unserer Stammgäste.

Gisela Klein und ihr Mann Hermann standen auf und umarmten mich.

„Mädchen, Du wirst ja immer hübscher!" sagte Herr Klein mit dem typischen Dialekt aus dem Ruhrgebiet.

„Danke für das Kompliment!" antwortete ich. „Ich hoffe Sie bekommen gutes Wanderwetter. Möchten Sie zum Frühstück ein Spiegel-oder Rührei?"

Die Beiden bestellten sich Rührei und ich ging an den nächsten Tisch um die anderen Gäste nach ihren Wünschen zu fragen.

Jetzt, so kurz vor Ostern, waren wir gut gebucht. Am Buffet standen schon viele Gäste. Die meisten hatten schon ihre Wanderkleidung an, damit es nach dem Frühstück gleich losgehen konnte.

Gegen zehn Uhr waren fast alle Gäste verschwunden. Ich räumte zusammen mit Tina, die jetzt auch etwas Zeit hatte, die Tische ab.

„Heute Abend kommt dieser Langzeitgast. Ich bin mal gespannt, was das für ein Typ ist. Die E-Mail klang irgendwie komisch. Vielleicht ist es ein Manager der Burnout hat!" sagte Tina.

Ich nickte.

„Das könnte sein. Vielleicht will er wirklich einfach nur eine Zeitlang seine Ruhe hier in unserer Idylle!"

Tina lächelte.

„Wir haben es ja auch wirklich schön hier. Und wir beiden sind die besten Pensionswirtinnen, die man sich wünschen kann!"

„Und die Hübschesten auch!" kam es aus der Küche von Franz.

Dieser Mann bekam aber auch alles mit.

„Dann werde ich gleich mal im Appartement nachschauen, ob alles in Ordnung ist. Manuela hat ja gestern alles geputzt, oder?" fragte ich.

„Ja, sie hat alles sauber gemacht und gelüftet!" antwortete Tina. „Du müsstest nochmal alles kontrollieren und denk bitte daran, einen Strauß Blumen und eine Flasche Wein auf den Tisch zu stellen!"

„Jawohl Chefin!" sagte ich und streckte Tina die Zunge heraus.

„Nicht frech werden, kleine Schwester!" Tina lachte und drohte mit dem Finger.

Das Appartement war hell und geräumig. Es gab eine Einbauküche, zwei Schlafzimmer und einen gemütlichen Wohnraum mit Blick in die Berge. Das Badezimmer war mit einer großen Dusche ausgestattet.

Eine Zeitlang hatte ich überlegt, selbst dort einzuziehen. Aber dann war mir die kleine Dachwohnung doch lieber. Tina und Phillip wohnten in einem großen Haus, gemeinsam mit Phillips Eltern, nur ein paar Kilometer entfernt.

Ich hatte auf der Wiese hinter dem Haus einen Strauß Blumen gepflückt. Die stellte ich jetzt in eine Vase auf den Wohnzimmertisch. Eine Flasche Wein zur Begrüßung stellte ich daneben.

Ich schaute mich noch einmal um. Alles war schön und sauber. Da sollte sich der Gast doch wohl fühlen können.

Der Tag plätscherte vor sich hin. Am Nachmittag kamen noch einmal neue Gäste, die sich nicht vorher angemeldet hatten. Sie waren am Haus vorbeigefahren und hatten sich spontan entschieden, hier ein paar Tage zu bleiben.

Am Abend räumte ich wie immer nach dem Abendessen die Tische ab. Dann hatte ich eigentlich Feierabend.

„Julia, kannst Du vielleicht heute den Gast in Empfang nehmen? Er kommt erst gegen acht Uhr. Ich wollte eigentlich mit Phillip ins Kino!" fragte Tina, die gerade in den Gastraum kam.

„Kein Problem, wie heißt denn der Gast?" sagte ich.

„Thomas Hoffmann!" antwortete Tina. „Du bist ein Schatz Julia. Ich revanchiere mich auch mal!"

„Mach das Du nach Hause kommst!" sagte ich und lächelte.

Tina warf mir eine Kusshand zu und war auch schon verschwunden.

Franz hantierte in der Küche mit dem Geschirr und den Töpfen. Ich half ihm noch etwas, dann musste ich an die Rezeption.

Ich schaute mir die Reservierungen für die nächsten Tage im Computerprogramm an. Wir würden viel zu tun haben.

Ich hörte ein Auto vorfahren. Kurze Zeit danach öffnete sich die Eingangstür und ein gut gekleideter Mann kam an die Rezeption. Er trug einen teuren Anzug. Er hatte dazu, völlig unpassend, eine Base Cap auf und trug eine dunkle Sonnenbrille. Als er beides abnahm erkannte ich ihn.

Es war der Schauspieler Alexander Thomas!!

„Was machen Sie denn hier?" fragte ich
erstaunt.

„Begrüßen Sie alle Gäste so?" fragte er irritiert.
Dann musterte er mich und lächelte.

„Wir kennen uns! Ich überlege gerade woher!"
sagte er dann.

„Sie haben mich in München für eine
Verkäuferin gehalten!" antwortete ich.

Seine Miene heiterte sich auf. Er hatte mich
erkannt.

„Und jetzt treffen wir uns hier wieder!" sagte er.

„Haben Sie reserviert?" wollte ich wissen.

Er nickte.

„Ich habe ihr Appartement gebucht!"
antwortete er.

„Das kann nicht sein. Wir erwarten einen Herrn
Hoffmann!"

„Das bin ich! Ich heiße Alexander Thomas
Hoffmann. Bei meinem Künstlernamen habe ich

den Hoffmann weggelassen. Der Name ist langweilig!"

Er grinste und zwinkerte mir zu.

„Außerdem wollte ich, dass man mich hier nicht findet. Ich will ein paar Wochen mal meine Ruhe.

Deshalb möchte ich Sie auch um Diskretion bitten. Ich werde auch nicht mit den anderen Gästen gemeinsam essen. Das Appartement hat ja eine Küche. Ich werde selber kochen!"

Jetzt schaute ich irritiert.

Dann nahm ich den Schlüssel zum Appartement aus dem Regal hinter mir und ging um die Rezeption herum.

Als ich neben Alexander Thomas stand, klopfte mein Herz so laut, dass ich dachte, er könnte es hören.

„Herzlich Willkommen hier im Haus Bergblick. Ich hoffe Sie werden sich wohlfühlen. Ich werde das Personal informieren, dass Sie nicht gestört werden möchten!" sagte ich atemlos.

Alexander Thomas lächelte mich an und nahm seine Koffer.

Ich ging mit ihm nach draußen und zeigte ihm den Eingang zum Appartement. Als ich die Tür öffnete, schaute er an mir vorbei in den Wohnraum. Dabei kam er mir sehr nahe und ich bekam weiche Knie.

„Es sieht sehr schön aus. Die Fotos im Internet haben nicht gelogen!" sagte er.

Ich gab ihm den Schlüssel und fragte:

„Brauchen Sie noch etwas? Möchten Sie etwas essen? Ich schaue dann in der Küche nach und bringe es Ihnen?"

Alexander Thomas schüttelte den Kopf.

„Das ist nett von Ihnen, aber ich esse so spät abends nicht mehr!" sagte er. „Wie heißen Sie denn eigentlich?"

„Oh, entschuldigen Sie. Normalerweise stelle ich mich den Gästen immer vor. Aber ich war vorhin so überrascht. Mein Name ist Julia Brunner. Mir und meiner Schwester gehört die Pension!"

Alexander Thomas gab mir die Hand.

„Ich freue mich Sie kennen zu lernen. Übrigens, ist das ihr Auto im Hof. Ich meine den pinken Kleinwagen?"

Ich wurde rot wie eine Tomate.

„Das habe ich mir gedacht!" sagte er und lachte laut.

„Dann habe ich Ihnen die kalte Dusche in München zu verdanken!"

„Ich muss mich entschuldigen, aber ich habe die Pfütze wirklich übersehen!" stotterte ich.

„Alles gut, Julia. Ich darf doch Julia sagen?

Ich nickte.

„Ich bin nicht nachtragend. Außerdem hatte ich so einen Grund mir einen neuen Anzug zu kaufen!"

Er gab mir nochmal die Hand.

„Sag doch bitte Alex zu mir. Dann fühle ich mich als Privatperson und nicht als Schauspieler. Ich will hier mal raus aus der Tretmühle!" seufzte er.

„Sehr gerne Alex, ich lasse Dich jetzt allein. Komm erst einmal richtig an und wenn Du etwas brauchst, dann sag bitte Bescheid!" antwortete ich.

Als ich die Tür zum Appartement hinter mit schloss, musste ich erst einmal durchatmen.

Gleich Morgen wollte ich Tina Bescheid sagen, wer die nächste Zeit bei uns zu Gast sein würde. Sie würde aus dem Häuschen sein.

Ich ging zurück zum Haus. An der Rezeption schaltete ich den Computer aus und ging dann in meine Wohnung.

Als ich eine Stunde später aus dem Fenster sah, konnte ich erkennen, dass Alex auf der Bank vor dem Appartement saß.

Er hatte ein Weinglas in der Hand und schaute in die Dunkelheit. Er sah irgendwie traurig aus. Es hatte sicher seinen Grund, warum er sich für den Aufenthalt in der Abgeschiedenheit entschlossen hatte.

Ich löschte das Licht und legte mich ins Bett. Schlafen konnte ich lange nicht.

Am nächsten Morgen konnte ich es kaum erwarten, Tina zu erzählen, wer in unserem Appartement wohnte.

Um kurz vor sieben ging ich wie jeden Morgen als erstes in die Küche, um mir mein Frühstück zu machen.

Franz werkelte am Herd und hatte mir schon einen Kaffee eingeschüttet.

„Guten Morgen Franz und danke für den Kaffee!" sagte ich verschlafen.

Ich hatte mich die ganze Nacht im Bett herumgewälzt und nicht so richtig Ruhe gefunden.

„Na Julia, wie geht's?" sagte Franz und verteilte Rührei für das Buffet in einen Wärmebehälter.

Wenn ich Franz jetzt sagen würde, dass Alexander Thomas unser Gast ist, dann könnte ich gleich eine Annonce in der Zeitung aufgeben. Er war schlimmer als jeder Paparazzo.

Deshalb trank ich nur einen Schluck Kaffee und sagte:

„Ich habe schlecht geschlafen, aber da muss ich jetzt durch!"

„Hallo ihr Beiden!" sagte Tina, die auch gerade in die Küche gekommen war.

Wir deckten gemeinsam die Tische und kontrollierten, ob sich alles auf dem Buffet befand.

Ich flüsterte Tina zu: „Ich muss Dir gleich unbedingt etwas sagen! Aber bitte kein Wort zu Franz."

Tina schaute erstaunt.

„Ist etwas passiert?" fragte sie.

„Ja, aber etwas Schönes!" antwortete ich leise. „Komm mal mit an die Rezeption!"

Tina folgte mir in den Nebenraum.

Ich ging an den Computer und winkte sie zu mir. Dann zeigte ich auf die Reservierung für das Appartement.

„Weißt Du, wer dieser Thomas Hoffmann ist?"

Tina schüttelte den Kopf.

„Halt Dich fest! Es ist Alexander Thomas, der Schauspieler!"

Tina machte große Augen und schnappte nach Luft.

„Er heißt eigentlich Alexander Thomas Hoffmann!" informierte ich sie. „Er will inkognito bleiben und wir sollen keinem sagen, dass er bei uns wohnt. Er will seine Ruhe haben!"

Tina hatte einen ganz roten Kopf und fragte: „Darf ich auch Phillip nichts sagen?"

„Am besten nicht. Je weniger Leute es wissen, umso besser! Alex hat mich ausdrücklich darum gebeten!" sagte ich.

„Alex?" Tina schaute irritiert.

„Ich darf ihn duzen! Er möchte außerdem im Appartement kochen und essen. Wenn Manuela putzen soll, dann sagt er Bescheid und verlässt in dieser Zeit das Appartement!"

„Ich kann es immer noch nicht glauben!" sagte Tina. „Erst triffst Du ihn in München und jetzt ist er unser Gast! Was für ein Zufall!"

Ich nickte und musste lächeln.

„Da hast Du Recht! Ich war gestern auch total erstaunt, als er plötzlich vor mir stand."

„Hoffentlich bekomme ich ihn auch mal zu Gesicht. Er schottet sich ja ziemlich ab!" sagte Tina enttäuscht.

„Ich glaube er hat ein Burnout. Er hat gestern so etwas angedeutet. Er will seine Ruhe und wir sollten dafür sorgen, dass er sie bei uns findet", antwortete ich.

Allerdings fand ich es auch schade, dass ich ihn wahrscheinlich nur selten oder gar nicht mehr zu sehen bekam. Aber es war sein Wunsch und der Gast ist König.

Tina druckte mir jetzt den Belegungsplan aus, damit ich ihn mit unserem Zimmermädchen Manuela besprechen konnte. Danach wollte ich noch mit Franz den Menüplan für die kommende Woche durchgehen.

Franz hatte am Wochenende immer frei. Dann kam seine Aushilfe Michael, der auch für den Einkauf der Lebensmittel zuständig war.

Michael war eigentlich schon im Ruhestand. Aber zu Haus fiel ihm die Decke auf den Kopf und so konnte er auch noch seine Rente aufbessern.

In der Küche setzte ich mich zu Franz an den Tisch und ging mit ihm den Menüplan durch.

Ich schrieb alles auf, was noch eingekauft werden musste und schickte Franz dann nach Hause. Abends übernahm dann Michael die Küche.

„Bis Montag Julia!" sagte er fröhlich und winkte mir zu.

Ich hatte mich am Wochenende mit meiner Freundin Eva zum Wandern verabredet. Wir wollten eine Bergtour machen, die wir jedes Jahr unternahmen. Jetzt wo der Schnee geschmolzen war, konnten wir endlich wieder in die Berge. Ich liebte es gleich morgens in aller Frühe loszuwandern.

Tina und ich wechselten uns am Wochenende immer mit der Arbeit ab. Dieses Wochenende hatte ich frei und freute mich schon sehr auf die Tour mit Eva.

Am Samstagmorgen zog ich meine Wanderkleidung an und packte meinen Rucksack. Aus der Küche holte ich noch etwas Käse, Obst und eine Flasche Wasser für unterwegs.

Michael war gerade dabei, alles für das Frühstück vorzubereiten.

„Viel Spaß Julia. Ihr habt Glück mit dem Wetter. Heute soll den ganzen Tag die Sonne scheinen!" sagte er.

„Danke Michael. Ich freue mich schon darauf, beim Wandern den Kopf frei zu bekommen!" antwortete ich.

Vor dem Haus setzte ich mich auf eine Bank und wartete auf Eva.

Ich schaute auf die Uhr. Eigentlich wollte Eva schon da sein. Da klingelte mein Handy.

„Sorry Julia, ich kann heute nicht mitkommen. Ich habe Migräne!" seufzte sie leise. „Ich kann kaum die Augen aufhalten. Du weißt ja, wie schlimm das immer bei mir ist!"

„Ach Du Arme, das ist aber schade!" antwortete ich traurig. „Ich wünsche Dir gute Besserung und rufe Dich morgen an, um zu hören wie es Dir geht!"

„Danke Julia, ich lege mich jetzt wieder hin. Bis morgen", flüsterte Eva.

Ich stecke das Handy in den Rucksack und überlegte, ob ich zuhause bleiben sollte.

Das Wetter war aber so schön und ich hatte mich sehr auf die Wanderung gefreut, deshalb entschloss ich mich allein zu wandern.

Das erste Stück des Weges war sehr steil. Jetzt merkte ich, dass meine Kondition im Winter ziemlich nachgelassen hatte.

Ich machte hin und wieder eine Pause und genoss den Ausblick. Je höher es ging, umso schöner wurde die Tour.

Als Tina und ich noch Kinder waren, waren wir hier auch oft mit unseren Eltern gewandert.

Meine Mutter bekam leider schon als junge Frau Rheuma, so dass sie später nicht mehr mitkommen konnte.

Mein Vater hatte vor drei Jahren einen Schlaganfall, von dem er sich nur schwer erholte.

Deshalb hatten uns die Eltern die Pension überschrieben und sind dann in eine seniorengerechte Wohnung in den nächsten Ort gezogen.

Nach einer Stunde über Stock und Stein setzte ich mich auf einen Baumstamm und schaute in die Ferne. Hier oben konnte ich immer wunderbar abschalten und den Stress vergessen.

Ich holte die Flasche Wasser und einen Apfel aus dem Rucksack. Aus der Richtung, in die ich noch wandern wollte, kam mir ein junges Paar entgegen. Sie grüßten freundlich und fragten nach dem Weg.

„Wir sind uns nicht sicher, ist das der Wanderweg mit der Hirsch-Markierung?" fragte der junge Mann. „Wir haben es irgendwie aus den Augen verloren!"

„Sie sind richtig hier. Leider ist der Weg nicht immer gut ausgeschildert. An manchen Stellen hat wohl irgendein Witzbold die Täfelchen abmontiert!" antwortete ich.

Die Beiden bedanken sich und liefen weiter in die Richtung aus der ich gekommen war.

Ich nahm einen großen Schluck aus der Wasserflasche, als ich es hinter mir rascheln hörte. Ich drehte mich erschrocken um.

Hinter mir stand Alexander Thomas. Diesmal trug er flotte Wanderkleidung. Es war ein ungewohnter Anblick, da ich ihn bisher nur in teuren Maßanzügen gesehen hatte.

„Entschuldige Julia, ich wollte Dich nicht erschrecken!" sagte er.

„Wo kommst Du denn auf einmal her?" wollte ich wissen.

„Ich habe vorhin gesehen, wie Du Dich auf den Weg gemacht hast. Ich habe gehofft, dass ich Dich noch einhole. Ich hoffe es ist Dir recht?" fragte er charmant.

„Ich dachte, Du wolltest Deine Ruhe haben!" sagte ich und zwinkerte ihm zu.

Jetzt lachte Alex laut.

„Da hast Du Recht, aber gemeinsam mit Dir durch diese wunderschöne Natur zu wandern, ist für mich schon Ruhe und Erholung genug.

Wenn Du wüsstest, was ich sonst für einen Tagesablauf habe, dann würdest Du Dich wundern."

Ich nickte, denn ich konnte es mir gut vorstellen.

„Du wusstest nicht wer ich bin, als wir uns in dem Laden in München getroffen haben?" fragte er.

Ich schüttelte den Kopf.

„Ich habe wenig Zeit Fernsehen zu schauen. Aber die Verkäuferin hat mich aufgeklärt und war ganz erschüttert, dass ich kein Autogramm von Dir wollte."

Alex grinste.

„Wollen wir weiter gehen?" fragte ich.

Alex setzte seinen Rucksack wieder auf und stellte sich neben mich. Als er mir in die Augen sah, wurde ich rot.

Schnell holte ich meine Sachen und ging voraus.

„Auf geht's!" sagte ich.

Alex und ich gingen eine Weile schweigend nebeneinander her.

In seiner Nähe fühlte ich mich wohl, aber ich war auch nervös. Wahrscheinlich würden Scharen von Frauen alles dafür geben, jetzt mit mir zu tauschen. Alex sah nicht nur sehr gut aus, er war auch richtig nett. Ich hatte immer gedacht, dass so berühmte Menschen unnahbar und furchtbar eingebildet waren.

„Gehst Du immer allein wandern?" fragte Alex.

„Eigentlich wollte ich diese Tour mit meiner Freundin Eva machen. Aber sie hat Migräne und musste leider absagen. Sie hat leider öfter damit zu tun und ist dann richtig krank", antwortete ich.

Alex nickte verständnisvoll.

„Alex, darf ich Dich etwas fragen?"

„Was möchtest Du wissen?" Er schaute mich fragend an.

„Warum versteckst Du Dich bei uns? Hast Du genug davon, dass Dich jeder erkennt und anspricht?" fragte ich.

Alex blieb stehen. Er schaute mich lange an und sagte dann:

„Wenn Du keinen Schritt mehr machen kannst, ohne dass Dich die Menschen bedrängen, fotografieren oder Dir auflauern, dann kannst Du irgendwann nicht mehr. Dieser Ruhm hat ganz viele Schattenseiten. Du hast gar kein Privatleben mehr. Mir war das zuletzt alles zu viel. Ich brauche mal Abstand von der ganzen Filmbranche!"

Alex hatte die letzten Worte ganz leise gesagt. Er wirkte sehr traurig.

Ich ging auf ihn zu und nahm spontan seine Hand.

„Bei uns bist Du sicher. Wir werden es keinem sagen, dass Du bei uns Gast bist. Das ist versprochen!" sagte ich.

Alex schaute mich lange an bevor er antwortete.

„Das ist lieb Julia!"

Dann beugte er sich zu mir herunter und küsste mich auf die Stirn.

Mir wurde heiß und ich bekam mal wieder einen roten Kopf.

„Dann lass uns mal weiterlaufen!" stotterte ich.

Gegen Mittag erreichten wir den höchsten Punkt der Wanderung.

Hier oben auf dem Gipfel gab es ein paar Panoramabänke. Auf einer der Bänke saß ein älteres Ehepaar. Als sie uns kommen sahen, machte die Frau große Augen. Sie tuschelte mit ihrem Mann, der sich jetzt ebenfalls zu uns umdrehte.

Die Frau stand auf und kam auf uns zu.

„Herr Thomas, was für eine Freude sie hier zu treffen! Ich bin schon lange einer ihrer größten Fans!" sagte sie. „Darf ich sie um ein Autogramm und ein Foto mit Ihnen bitten?"

In der Zwischenzeit war auch der Mann zu uns gekommen und zückte sein Handy.

Ich schaute zu Alex, dem es sichtlich unangenehm war, erkannt worden zu sein. Er wollte aber wohl nicht unhöflich sein und ließ den Mann ein Foto von sich und der Frau machen.

„Autogrammkarten haben ich keine dabei!" sagte er dann.

Die Frau schaute enttäuscht, aber dann sagte sie: „Ich habe einen Stift dabei, schreiben Sie doch einfach hier auf unsere Wanderkarte. Das wird eine wundervolle Erinnerung!"

„Dann schaute sie zu mir und fragte: „Sind sie die Freundin von Herrn Thomas?"

Alex sah zu mir herüber. Dann nahm er mich an die Hand und zog mich weiter.

„Wir müssen jetzt gehen. Alles Gute für Sie!" sagte er bestimmt und ließ das Ehepaar einfach stehen.

„Jetzt weiß ich, was Du meinst!" sagte ich, als wir außer Hörweite waren.

Alex schaute traurig.

„Das war ja noch harmlos. Manche laufen mir stundenlang hinterher und wenn ich dann sage, sie sollen mich in Ruhe lassen, muss ich in der Zeitung lesen, ich sei arrogant und unfreundlich!"

„Darüber habe ich mir noch nie Gedanken gemacht!" antwortete ich. „Es muss ungeheuer belastend sein, wenn man immer im Rampenlicht steht, auch wenn es bestimmt Vorteile bringt!"

„Am Anfang meiner Karriere war es wie im Rausch. Jeder kannte mich, ich bekam die schönsten Hotelzimmer und besten Tische im Restaurant. Firmen überschütteten mich mit Geschenken, nur damit ich ihre Kleidung trug oder Parfüm benutze!"

„Wirklich?" fragte ich. „Das hätte mir auch gefallen!"

Alex lächelte.

„Aber irgendwann wird es nur noch zur Last. Ich will das alles nicht mehr!" sagte er leise.

Wir gingen schweigend weiter. Ich wusste nicht, was ich dazu sagen sollte. Ich konnte ihn aber gut verstehen.

„Weißt Du, was ich eigentlich wirklich gelernt habe? Ich war ja nicht immer Schauspieler!" fragte Alex nach einer Weile.

Ich schüttelte den Kopf.

„Ich bin gelernter Koch. Ich habe in München bei einem Sternekoch gearbeitet. Dann wurde ich durch Zufall auf der Straße entdeckt. Ein Regisseur wollte Jemanden, der genau so aussah wie ich."

„Ich kann den Mann verstehen. Du siehst wirklich gut aus!" sagte ich und wurde verlegen.

Alex schmunzelte.

„Das Kompliment kann ich nur zurückgeben. Du bist bildhübsch. Das ist mir schon in München aufgefallen!" sagte er.

Jetzt wurde ich wieder rot.

„Damals war mir der Beruf als Koch zu stressig. Wenn ich gewusst hätte, was als Schauspieler auf mich zukommt, hätte ich es mir anders überlegt!"

„Willst Du jetzt ganz aufhören mit der Schauspielerei?" fragte ich.

„Ich will es mir ernsthaft überlegen. Deshalb brauche ich auch diese Auszeit hier bei euch!" antwortete Alex.

„Da werden aber viele Frauenherzen brechen!" antwortete ich.

Ich schaute zu ihm hinüber und zwinkerte ihm zu.

Alex lachte jetzt laut.

„Du bist so herrlich natürlich Julia und sagst immer, was Du gerade denkst! Das finde ich wunderbar!"

Ich freute mich sehr über sein Kompliment.

„Ich bin nur ehrlich!" antwortete ich.

„Hast Du eigentlich einen Freund?" wollte Alex wissen.

„Mein letzter Freund hat mich verlassen. Er hatte keine Lust auf die Arbeit in der Pension und kein Verständnis, dass ich unseren Betrieb liebe und weiterführen möchte!"

„Dann hat er Dich nicht verdient!" antwortete Alex.

„Und Du? Bei den vielen Verehrerinnen hast Du doch die große Auswahl!"

„Es gab da ein paar Frauen. Die Beziehungen hielten mal mehr, mal weniger lange. Ich war mir aber nie sicher, ob sie nicht nur mit mir zusammen waren, um auch einmal im Rampenlicht zu stehen!"

Das hörte sich sehr deprimierend an. Alex tat mir auf einmal sehr leid.

„Ich bin jetzt Mitte dreißig und hätte gern eine Familie. Aber bisher hat es noch nicht gepasst!" sagte er.

Ich wollte etwas darauf antworten, aber in diesem Moment stolperte ich über einen Ast, der auf dem Weg lag, und fiel der Länge nach auf den Waldboden.

„Ach du liebe Zeit, was machst Du denn für Sachen!" rief Alex und lief auf mich zu.

„Hast Du Dir wehgetan? Zeig mal Dein Knie?"

Ich versuchte mich aufzurichten, blieb dann aber lieber sitzen, denn mein Knie blutete und schmerzte höllisch.

Alex warf seinen Rucksack auf den Boden und öffnete ihn. Er suchte eine Weile darin herum und rief dann erleichtert:

„Ich habe immer eine kleine Notfalltasche dabei. Warte mal, ich reinige erst einmal die Wunde!"

Er nahm ein Fläschchen und träufelte eine Flüssigkeit auf ein Taschentuch. Dann tupfte er damit an meinem Knie herum. Es brannte wie die Hölle und ich jammerte laut.

„Das ist nur ein Desinfektionsmittel. Es muss sein. Sei tapfer!"

Alex lächelte und versuchte mich aufzumuntern.

Dann nahm er eine Kompresse und wickelte einen Verband um mein Knie. Dabei kam er mir sehr nah und ich vergaß für einen Moment meinen Schmerz. Alex´ Nähe fühlte sich gut an.

„Komm, ich helfe Dir hoch und dann versuchst Du mal aufzutreten!" bat er mich.

Alex nahm meine Hand und zog mich in die Höhe. Jetzt stand ich ganz dicht vor ihm.

In diesem Moment nahm Alex mein Gesicht in beide Hände und küsste mich zärtlich. Es war ein wunderschönes Gefühl. Als er sich wieder von mir löste, grinste er und fragte:

„Geht es Dir jetzt besser?"

„Diese Art der Ablenkung ist ideal und ich hätte gern mehr davon!" antwortete ich.

Alex und ich küssten uns noch einmal, diesmal noch leidenschaftlicher. Mir blieb fast die Luft weg und ich hatte weiche Knie. Aber der Schmerz vom Sturz war fast weg.

„Meinst Du, du kannst zurück laufen?" fragte Alex besorgt.

„Es wird schon gehen. Ich muss nur vorsichtig auftreten", antwortete ich.

Alex half mir mit dem Rucksack und ich humpelte langsam wieder in die Richtung aus der wir gekommen waren.

Wir mussten ein paarmal eine Pause einlegen, da das Knie doch immer wieder schmerzte.

Immer wenn uns andere Wanderer entgegenkamen, schaute Alex zur Seite oder lief dicht hinter mir, damit ihn keiner erkannte. Mir wurde immer mehr bewusst, was es bedeutete, wenn man prominent war.

In der Ferne konnte ich jetzt unsere Pension erkennen. Ich war froh, dass wir wieder zuhause angekommen waren. Mittlerweile war mein Knie ziemlich angeschwollen.

„Komm mal mit in das Appartement. Ich mache Dir einen kalten Umschlag. Das hilft gegen die Schwellung!" sagte Alex.

Er schloss die Eingangstür auf und schob mich hinein.

„Setzt Dich mal hier hin!"

Alex zog einen Sessel so hin, dass ich mich hineinfallen lassen konnte. Er stellte die Rucksäcke in eine Ecke und ging ins Badezimmer. Nach einer Weile kam er mit einem kleinen Handtuch, das er mit kaltem Wasser angefeuchtet hatte zurück und legte es auf mein Knie.

Die Kälte tat gut.

„Danke für Deine Hilfe Alex!" sagte ich müde. Der Rückweg war anstrengend gewesen.

„Ich mache mal die Flasche Wein auf, die Du mir hingestellt hast.

Wir trinken ein Glas und Du legst das Bein hoch."

„Jawohl Herr Doktor!" antwortete ich und grinste.

Alex ging in die Küche. Ich hörte nach einer Weile, dass er den Wein entkorkte. Kurz darauf kam er zurück in den Wohnraum.

Er setzte sich auf den anderen Sessel und gab mir das Weinglas.

„Auf eine schöne und erholsame Auszeit für Dich!" sagte ich.

Ich hob mein Glas.

„Das wünsche ich mir auch. Und das Du schnell wieder gesund bist. Ich möchte noch weitere Wanderungen mit Dir machen und Zeit mit Dir verbringen. Du tust mir gut!"

Alex stieß sein Glas gegen meins.

Ich war etwas verunsichert.

„Wir werden sehen Alex. Du wolltest doch Deine Ruhe!"

Ich versuchte ihm auszuweichen.

Alex sah mich lange an. Dann stand er auf und ging an das Fenster.

„Ich fühle mich unbeschreiblich wohl in Deiner Nähe. Ich kann bei Dir ganz ich selbst sein. Es ist so schön, sich nicht verstellen zu müssen!" sagte er leise.

„Mir geht es genauso. Ich fühle mich sehr zu Dir hingezogen. Ich habe aber Angst, was aus mir wird, wenn Du nach ein paar Wochen wieder in Deine Welt zurückkehrst. Ich kann hier nicht weg und möchte es auch nicht. Ich kann mir nicht vorstellen, dass ich mich als Freundin eines bekannten Schauspielers wohlfühlen würde. Das bedeutet doch, dass ich auch immer unter Beobachtung stehen würde."

Alex kam zu mir und beugte sich hinunter.

Dann küsste er mich lange.

„Sollen wir es nicht wenigstens versuchen?" fragte er.

„Ich kann Dir nicht versprechen, dass es einfach werden wird. Ich weiß aber, dass ich Dich niemals zu etwas überreden werde."

Ich nickte, denn ich hatte verstanden was er meinte.

Wollte ich dieses Risiko eingehen? Hatte das mit uns überhaupt eine Zukunft? Ich hatte Angst, dass Alex mir das Herz bricht. Mir wurde auf einmal bewusst, dass ich mich verliebt hatte.

Die Situation wurde durch ein Klopfen an der Tür unterbrochen.

„Herr Hoffmann?" hörte ich die Stimme meiner Schwester. „Darf ich Sie stören?"

Alex schaute mich fragend an.

„Das ist Tina, meine Schwester!" sagte ich.

Alex lächelte. Er ging zur Tür und öffnete.

„Entschuldigen Sie, ich wollte Sie nur fragen, ob Sie etwas brauchen!" sagte Tina aufgeregt.

Mir war klar, dass Sie Alex unbedingt mal sehen wollte. Jetzt suchte sie die Gelegenheit.

„Ich habe alles, was ich brauche!" antwortete Alex und schaute in meine Richtung.

„Aber kommen Sie doch herein. Julia ist auch hier!"

Tina trat in die Wohnung und machte große Augen, als sie mich sah.

„Was machst Du denn hier? Und was ist mit Deinem Knie?" fragte sie, als sie meinen Verband sah.

„Ich habe Alex unterwegs bei meiner Wanderung getroffen. Dann bin ich über einen Ast gestolpert und gestürzt."

„Julia ist hier in guten Händen!" sagte Alex. „Sie sind ihre Schwester?"

„Ja, das stimmt. Ich bin Tina Brunner!" Sie gab ihm die Hand.

„Freut mich sehr, Sie kennen zu lernen.

Ich möchte mich auch bedanken, dass Sie so diskret sind und meinen Wunsch, hier anonym zu sein, respektieren. Möchten Sie auch ein Glas Wein?"

Alex lächelte Tina an.

Die wurde rot und schaute zu Boden.

„Danke, ich trinke lieber keinen Wein Herr Hoffmann oder Herr Thomas. Ich weiß gar nicht wie ich Sie nennen soll?"

„Sagen Sie Alex!"

Jetzt wurde Tina rot bis zu den Haarspitzen.

„Sehr gerne! Und ich kann gar nichts für Sie tun?"

Alex schüttelte den Kopf.

„Dann lasse ich Sie mal wieder in Ruhe. Bist Du okay Julia?" fragte sie im Gehen.

„Ich komme auch gleich rüber. Ich nehme dann eine Schmerztablette und lege ich mich etwas hin!" antwortete ich.

Tina winkte kurz und schloss dann die Tür hinter sich.

„Ich werde jetzt auch gehen!" sagte ich und versuchte aufzustehen.

Alex kam zu mir und half mir hoch.

„Sehen wir uns morgen?" fragte er.

Ich schmiegte mich an ihn. Es war so schön ihn zu spüren.

„Ja, sehr gern!"

Dann nahm ich meinen Rucksack und humpelte zurück in die Pension.

In meiner Wohnung nahm ich eine Schmerztablette und wickelte den Verband von meinem Knie.

Die Schwellung war etwas zurückgegangen und die Wunde blutete nicht mehr.

Ich nahm eine Wolldecke und legte mich auf meine Couch. Kurze Zeit später war ich eingeschlafen.

Als ich eine Stunde später wach wurde, merkte ich, dass ich großen Hunger hatte.

Ich hatte heute während der Wanderung nur etwas Obst und Käse gegessen.

Ich schaute in den Kühlschrank und holte Eier und Schinken heraus. Ich machte mir ein Omelett und humpelte zurück zur Couch.

Beim Essen wanderten meine Gedanken zurück zu Alex und dem Moment, als er mich geküsst hatte. Ein wohliges Glücksgefühl durchströmte mich. Ich wünschte mir, dass er mich jetzt in den Arm nehmen würde.

Meine Gefühle fuhren Achterbahn, denn seit unserem unverhofften Treffen in München und seinem Auftauchen hier bei uns, waren ja nur wenige Tage vergangen. Ich konnte es noch gar nicht glauben, dass es mit Alex und mir so schnell gegangen war.

Ich traute meinen Gefühlen nicht.

Immer wieder sah ich die Fotos mit ihm und den vielen Frauen vor mir.

Er konnte doch jede haben. Ich hatte Angst, dass er nur mit mir spielte.

Es klopfte an der Tür. Bevor ich etwas sagen konnte, kam Tina in mein Wohnzimmer.

„Ich will ja nicht neugierig sein, aber ist da was zwischen Dir und Alex?" fragte sie.

„Wie kommst Du darauf?"

„So wie er Dich anschaut, könnte man meinen, er ist verliebt in Dich!" antwortete Tina.

„Er ist Schauspieler!" sagte ich. „Die können Gefühle vorspielen!"

„Meinst Du, er hat das nötig?" Tina schüttelte den Kopf.

„Er hat mich heute Mittag während der Wanderung geküsst!" antwortete ich.

Tina sah mich entgeistert an.

„Waaaaas? Du Glückliche! Weißt Du, wie viele Frauen davon träumen?"

„Eben! Deshalb möchte ich erstmal abwarten was aus uns wird.

Ich glaube ich bin verliebt, möchte aber nicht verletzt werden! Die Trennung von Stefan hat mir sehr wehgetan."

Tina setzte sich neben mich und drückte meine Hand.

„Du hast wahrscheinlich Recht. Aber warum sollte er sich nicht in Dich verlieben? Du bist bildhübsch und hast das Herz am richtigen Fleck!"

Ich wusste nicht, was ich antworten sollte.

„Ich fahre jetzt nach Hause. Phillip wartet bestimmt schon. Schade, dass ich ihn nicht einweihen darf!" Tina machte ein betrübtes Gesicht.

„Sag bitte nichts. Ich habe heute gesehen, wie die Leute Alex bedrängen, wenn sie ihn erkennen. Lass ihn zur Ruhe kommen!"

„Ich sag schon nichts! Ich habe es versprochen! Was macht Dein Knie?" fragte Tina.

„Ich habe eine Tablette genommen.

Es geht besser! Komm gut nach Hause und grüß Phillip!" sagte ich und nahm meine Schwester in den Arm.

Tina stand auf und ging zur Tür.

„Wenn Du jemanden zum Reden brauchst, dann bin ich immer für Dich da!"

„Ich weiß!" antwortete ich.

Als ich am nächsten Morgen aufstand, wurde ich schmerzhaft an meinen Sturz erinnert. Das Knie tat beim Auftreten immer noch weh, wenn auch nicht mehr so schlimm wie am Vortag.

Heute am Sonntag war es regnerisch. Das Wetter war sehr unbeständig. Ich kochte Kaffee und ging hinunter, um mir die Tageszeitung zu holen, die morgens immer gebracht wurde.

Ich ging zu Michael in die Küche und unterhielt mich ein paar Minuten mit ihm. Außerdem nahm ich mir noch zwei Brötchen zum Frühstück mit nach oben.

Der Kaffee war in der Zwischenzeit fertig.

Mit einem Marmeladenbrötchen und der Zeitung setzte ich mich an den Tisch. Als ich die Zeitung auseinander faltete, bekam ich einen Schrecken.

Die große Schlagzeile lautete:

Alexander Thomas spurlos verschwunden! Wo ist der bekannte Schauspieler?

Mein Herz klopfte bis zum Hals. Ich nahm die Zeitung und ging hinüber zum Appartement.

Ich klopfte kurz an der Tür.

„Ja, bitte?" hörte ich Alex´ Stimme.

„Alex, ich bin es, Julia! Darf ich reinkommen?" fragte ich.

Die Tür öffnete sich einen Spalt. Alex ließ mich in die Wohnung und schaute mich fragend an.

„Ist etwas nicht in Ordnung?" fragte er.

Ich hielt ihm die Zeitung vor die Nase. Er las den Text und wurde blass.

„Sind die denn alle verrückt!" sagte er wütend. „Mein Management weiß doch, dass ich mich eine Zeitlang zurückziehen will!!"

Alex war sichtlich aufgebracht.

„Die Schmierfinken von der Zeitung haben anscheinend keine anderen Neuigkeiten und ich muss mal wieder her halten!"

„Was machst Du denn jetzt? Nicht, dass man die Polizei einschaltet und die hier auftauchen!" fragte ich ängstlich.

„Keine Angst Julia! Ich rufe gleich meinen Manager an und lasse es richtig stellen. Kann man mich denn nicht einfach mal in Ruhe lassen?"

„Es tut mir so leid, Alex."

Ich ging auf ihn zu und nahm ihn in den Arm.

Wir standen so eine ganze Weile. Alex streichelte mir über die Haare und atmete schwer.

„Sei mir nicht böse, aber ich muss jetzt unbedingt telefonieren!" sagte Alex.

„Kein Problem, ich gehe wieder rüber in meine Wohnung. Wenn Du etwas brauchst, dann ruf mich an."

Ich legte ihm einen Zettel mit meiner Handynummer auf den Tisch.

Alex schaute auf das Stück Papier und lächelte.

„Danke Julia!"

Ich nickte ihm zu und verließ das Appartement.

In ging zu Tina an die Rezeption und erzählte ihr, was passiert war.

„Das ist ja unglaublich. Der arme Alex!" rief sie entrüstet.

„Du siehst, wie wichtig es ist, das wir keinem etwas sagen!" sagte ich.

„Ich werde später nochmal schauen, ob bei Alex alles in Ordnung ist. Bis dahin lasse ich ihn in Ruhe."

Tina nickte.

Ein paar Gäste kamen an die Rezeption. Ich begrüßte sie kurz und ging dann wieder in meine Wohnung.

Dort legte ich mich wieder auf die Couch, um mein Bein hochzulegen. Das Knie fing wieder an zu schmerzen.

Plötzlich klingelte mein Handy. Die Nummer kannte ich nicht.

„Hier ist Julia!" meldete ich mich.

„Ich bin es, Alex!"

„Alles okay? Hast Du Dich wieder beruhigt und konntest Du den Irrtum aufklären?" wollte ich wissen.

Ich höre wie Alex am anderen Ende durchatmete.

„Ich habe meinen Manager erreicht. Er will sich mit dem Chef der Zeitung heute noch treffen. Der Journalist, der den Artikel verfasst hat, hat angeblich einen anonymen Hinweis bekommen, das ich entführt worden sei!"

„Das ist ein dicker Hund!" sagte ich.

Alex lachte.

„Das kann man wohl sagen. Er muss jetzt eine Richtigstellung in der nächsten Ausgabe formulieren!"

„Hast Du Ärger mit Jemanden oder wer sonst würde so etwas machen?" fragte ich.

„Ich habe ehrlich keine Ahnung. Hast Du Lust heute Abend zu mir zu kommen? So gegen zwanzig Uhr? Ich koche uns etwas!"

„Sehr gern!" antwortete ich.

„Ich freue mich auf Dich!" sagte Alex und legte auf.

Am Abend machte ich mich zurecht. Ich zog eines der Kleider an, die ich sonst nur zu besonderen Anlässen trug.

Ich ging hinüber zum Appartement und wollte gerade klopfen, als Alex mir die Tür öffnete.

„Ich habe Dich schon kommen sehen! Du siehst umwerfend aus. Das Kleid ist wunderschön und passt super zu Deinen dunklen Haaren!"

Alex schaute begeistert.

Er hatte sich auch chic gemacht und trug einen modernen Anzug.

Alex hatte sich seit er hier war nicht rasiert, aber der Dreitagebart stand ihm sehr gut.

Er nahm mich in den Arm und ich fühlte mich geborgen.

„Schön, das Du da bist!" flüsterte er.

„Ich habe mich sehr auf heute Abend gefreut. Ich bin gespannt, was Du Leckeres gezaubert hast!" antwortete ich und versuchte in die Küche zu schauen.

„Bist Du etwa neugierig?" Alex lächelte und versperrte mir die Sicht.

„Nicht wenn ich alles weiß!" antwortete ich.

Jetzt grinste Alex noch mehr.

„Am besten setzt Du Dich erstmal auf die Couch. Ich hole uns ein Glas Champagner!"

Ich bekam große Augen, denn ich konnte mich nicht erinnern, wann ich das letzte Mal Champagner getrunken hatte.

Ich hörte wie der Korken knallte und kurze Zeit später kam Alex mit zwei Gläsern zurück.

Wir stießen an und Alex setzte sich zu mir auf die Couch.

„Weißt Du eigentlich, was mir zuerst an Dir aufgefallen ist?" fragte Alex.

Ich schüttelte den Kopf.

„Deine schönen grünen Augen und die kleinen Sommersprossen auf der Nase."

Er lächelte und stellte sein Glas auf den Tisch.

„Und Deine Natürlichkeit hat mich fasziniert. Du bist wunderschön!"

Mir wurde heiß und ich wurde verlegen.

„Du hast doch schon die schönsten Frauen kennengelernt.

Ich bin doch nur ein Mädel vom Land, dass lieber Wanderschuhe als High Heels trägt", sagte ich leise.

„Ja das stimmt. Es waren wirklich schöne Frauen dabei. Aber die meisten waren oberflächlich und eitel. Ich war immer nur der berühmte Mann an ihrer Seite."

Alex schaute mich an und machte einen deprimierten Eindruck.

„Warst Du nie wirklich verliebt?" fragte ich.

„Doch einmal! Es war eine Kollegin, mit der ich einen Spielfilm in der Schweiz gedreht habe!"

Alex schlucke. Es fiel ihm schwer weiter zu sprechen.

„Du musst nicht darüber reden, wenn Du nicht willst!" sagte ich.

Alex sprach weiter.

„Sie hieß Lena. Sie ist bei den Dreharbeiten ums Leben gekommen. Wir haben im Winter eine Szene in den Bergen gedreht, als sich eine Lawine löste. Ein Kameramann und ich konnten uns retten. Drei andere Personen, unter ihnen Lena, kamen ums Leben!"

„Mein Gott! Das ist ja furchtbar. Es tut mir so leid!"

Ich war wirklich erschüttert.

„Danach war ich eine lange Zeit allein. Alle Frauen, die ich danach kennengelernt habe, haben mir nichts bedeutet!"

Alex nahm meine Hand.

„Und dann kamst Du!" sagte er zärtlich.

Er beugte sich zu mir hinüber und küsste mich sanft.

„Dann war es ja gut, dass ich in München durch diese Pfütze gefahren bin und Du einen neuen Anzug kaufen musstest!" sagte ich. „Sonst hätten wir uns nicht kennen gelernt!"

„Ich wollte schon immer eine Frau, die mutig genug ist, mit so einem auffälligen pinken Kleinwagen zu fahren!"

Alex lachte und hob noch einmal sein Glas.

„Irgendwie wollte es wohl das Schicksal, dass ich dann ausgerechnet hier in eurer Pension gelandet bin!"

„Darauf trinken wir!" sagte ich.

Alex stand auf und ging in Richtung Küche.

„Ich werde schnell mal was auf die Teller zaubern. Ich möchte ja nicht, dass Dein Magen noch lauter knurrt!" sagte er.

Ich hatte gehofft, dass er es nicht gehört hatte. Aber ich hatte großen Hunger, weil ich nur gefrühstückt hatte.

Alex hatte sich selbst übertroffen. Er hatte als Vorspeise ein Trüffel Risotto und als Hauptgang ein Kalbsfilet mit Sommergemüse zubereitet. Zum Dessert gab es ein Parfait. Ich hatte lange nicht mehr so gut gegessen.

„Du bist ein ausgezeichneter Koch. Schade, dass Du nicht beide Berufe ausüben kannst!" sagte ich, als ich mich satt zurücklehnte.

„Hast Du eigentlich mal einen Film gesehen, in dem ich mitgespielt habe?" fragte Alex.

Ich schüttelte den Kopf.

„Ich hatte die letzten zwei Jahre kaum Gelegenheit Fernsehen zu schauen.

Seit Tina und ich den Betrieb übernommen haben, war keine Zeit dazu!" antwortete ich.

„Na ja, ich drehe schon seit über zehn Jahren Filme und Serien!"

Alex grinste.

„Dann muss ich das wohl nachholen!" sagte ich kleinlaut.

Alex stand auf und ging zum TV Gerät.

„Das können wir gleich machen!" antwortete er und schaltete den Fernseher an.

„Heute Abend läuft die neueste Folge der Krimiserie in der ich die Hauptrolle spiele!"

Ich stand auf und nahm die Dessertteller und das Besteck mit in die Küche.

„Ich helfe Dir den Tisch abzuräumen und dann freue ich mich, endlich einen Film mit Dir zu sehen!"

Alex und ich räumten gemeinsam das schmutzige Geschirr in die Spülmaschine.

Dann nahmen wir noch eine Flasche Wein aus dem Regal und gingen zurück ins Wohnzimmer.

Auf der Couch kuschelte ich mich an Alex. Er nahm mich in den Arm und küsste mich in den Nacken. Ich bekam bei der Berührung Gänsehaut. Es war ein wunderschönes Gefühl.

„Ich bin auf Dein Urteil gespannt. Ich fand diese Folge nicht so gelungen. Ich überlege dort auszusteigen. Dem Drehbuchautor fällt nicht mehr wirklich etwas Neues ein!" flüsterte mir Alex ins Ohr.

Als der Film anfing und ich Alex neben mir sitzen sah, aber auch gleichzeitig auf dem Bildschirm, war es ein komisches Gefühl.

Der Mann im Fernseher war mir fremd.

Der Krimi war spannend, aber ich verfolgte weniger die Handlung, als Alex in seiner Rolle.

Als er in einer Szene seine Filmpartnerin leidenschaftlich küsste, versetzte es mir einen Stich. Damit konnte ich nicht umgehen, obwohl ich ja wusste, dass alles nur gespielt war.

Ich verspannte etwas und rückte von Alex weg.

Er merkte es sofort und sagte leise: „Julia, das ist alles nicht echt! Manchmal ist es mir sogar unangenehm meine Kolleginnen zu küssen oder zu berühren. Manche kann ich echt nicht leiden. Aber das ist das Filmgeschäft!"

„Ich weiß das, aber ich glaube nicht, dass ich mich daran gewöhnen könnte!" antwortete ich.

„Bist Du eifersüchtig?" Alex schaute mir tief in die Augen.

Ich nickte und schaute wieder auf den Bildschirm.

„Dann bedeute ich Dir etwas?"

Alex ließ nicht locker.

„Ja, Du bedeutest mir sogar sehr viel. Ich bin über mich selbst erstaunt, dass ich das schon nach so kurzer Zeit sagen kann!" sagte ich leise.

„Mir geht es doch genauso. Ich habe nie daran geglaubt, aber es war Liebe auf den ersten Blick bei mir.

Als ich in München aus der Umkleidekabine kam und Dich gesehen habe, war ich gleich fasziniert von Dir."

„Es geht alles so schnell. Ich habe Angst, dass ich das alles nur träume!" antwortete ich.

„Lass es einfach geschehen!" flüsterte Alex und küsste mich leidenschaftlich.

„Bleibst Du heute Nacht bei mir?" fragte er mit rauer Stimme.

„Nein Alex, heute noch nicht."

Er nickte und antworte:

„Das habe ich mir schon gedacht und ich kann Dich verstehen!"

Ich küsste ihn nochmal und stand dann auf.

„Ich glaube, ich gehe jetzt besser. Danke für den wundervollen Abend und das köstliche Essen!"

Alex erhob sich auch.

„Ich danke Dir Julia!" sagte er und streichelte dabei mein Gesicht.

Als ich meine Wohnungstür aufschloss, war ich immer noch total aufgewühlt. Konnte das denn sein, dass Alex und ich uns so schnell verliebt hatten?

Ich hätte so gern meine Freundin Eva angerufen und ihr davon erzählt. Aber es sollte ja keiner wissen, dass sich Alex bei uns aufhielt.

Ich musste noch einmal an die Filmszene denken, als Alex diese Frau geküsst hatte. Ich war tatsächlich eifersüchtig. Es sah alles so echt aus. Oder schauspielerte er bei mir? Dieser Gedanke machte mich wahnsinnig. Ich wollte es einfach nicht glauben.

In dieser Nacht schlief ich unruhig und wälzte mich nur im Bett herum.

Als am Montagmorgen der Wecker klingelte, hatte ich das Gefühl, gar nicht geschlafen zu haben.

Mein Handy blinkte. Alex hatte mir eine Nachricht hinterlassen.

„Guten Morgen Julia. Ich fahre heute nach München. Ich muss dort etwas klären. Ich bin heute Abend wieder zurück."

Dann war ein Knistern zu hören. Ich wollte schon auflegen, als Alex sagte: „Ich vermisse Dich sehr!"

Seine Worte lösten ein Glücksgefühl bei mir aus. Das konnte doch nicht gespielt sein!

In der Pension war heute viel zu tun. Einige Gäste reisten an und andere wieder ab. Ich half Tina an der Rezeption und Manuela beim Herrichten der Zimmer. So vergaß ich meine Müdigkeit.

Am Nachmittag machte ich einen kleinen Spaziergang über die Wiesen hinter der Pension. Ich wollte einen klaren Kopf bekommen.

Die Sonne schien, es wehte aber ein kühler Wind über die Berge.

Auf dem Rückweg kam mir Familie Klein entgegen.

„Hallo Julia!" sagte Frau Klein und winkte mir zu.

„Wollen Sie heute noch eine Tour machen?" fragte ich.

Die Kleins nickten.

Fast gleichzeitig sagten sie: „Wir wollen über die Buckelwiesen laufen. Heute machen wir nur eine kleine Tour. Morgen dann wieder eine längere!"

„Gute Entscheidung. Das Wetter soll morgen auch besser werden. Viel Spaß!" antwortete ich.

Wir verabschiedeten uns und ich ging zurück in die Pension.

Nach dem Abendessen räumten Tina und ich den Gastraum auf und setzten uns zusammen, um die Arbeit für die nächsten Tage einzuteilen.

„Alles okay bei Dir?" fragte Tina. „Du bist irgendwie mit den Gedanken woanders!"

Ich erzählte Tina, was am Vorabend passiert war und das ich mich ernsthaft in Alex verliebt hatte.

Tina überlegte eine Weile, dann sagte sie:

„Wir haben diese Woche ein volles Haus. Danach haben wir erstmal keine Reservierungen. Wir könnten es uns erlauben eine Woche Urlaub zu machen. Franz und Manuela hätten ihn auch verdient."

„Meinst Du, das wäre möglich?" Fragte ich erstaunt.

„Na klar. Wir haben die letzten Monate wirklich gutes Geld verdient. Außerdem kann ich dann noch ein paar Dinge für die Hochzeit regeln."

Tina nickte mir aufmunternd zu.

„Du hättest dann auch Zeit für Alex und könntest Dir klar darüber werden, ob das mit euch eine Zukunft hat!"

„Danke Tina, das ist wirklich eine sehr gute Idee!"

Ich verabschiedete mich von meiner Schwester und ging in meine Wohnung, um zu duschen. Alex wollte gegen Abend wieder zurück sein.

Ich war gespannt zu hören, warum er nach München gefahren war.

Ich telefonierte mit Eva, um zu hören, ob es ihr besser ging.

„Seit heute Nachmittag haben die Kopfschmerzen nachgelassen. Diesmal war es besonders schlimm!" sagte Eva.

Man hörte ihr an, dass die Migräneanfälle sie sehr belasteten.

„Dann erhol Dich und melde Dich, wenn Du Zeit und Lust auf ein Treffen hast. Gute Besserung!" sagte ich.

Als ich aufgelegt hatte, hörte ich wie ein Auto auf den Hof fuhr.

Ich schaute aus dem Fenster und konnte erkennen wie Alex ausstieg. Er hatte den Kragen der Jacke hochgeschlagen und eine Base Cap angezogen, damit ihn keiner erkannte.

Dann ging er direkt zu Appartement.

An diesem Abend meldete er sich nicht mehr bei mir. Ich ließ ihn in Ruhe. Er hatte sicherlich seine Gründe.

Kurz bevor ich eigentlich ins Bett gehen wollte, schaltete ich noch einmal den Fernseher ein.

Es liefen gerade die Nachrichten, als ich plötzlich Alex' Foto im Hintergrund sah. Der Nachrichtensprecher sagte:

Heute hat Alexander Thomas seinen Rückzug aus der Serie „Ein Fall für Kommissar Berg" bekannt gegeben. Der beliebte und bekannte Schauspieler möchte sich anderen Projekten widmen. Als Erklärung gab er persönliche Gründe an.

Mein Herz klopfte laut.

Ich war sehr überrascht, dass Alex sich doch so schnell dazu entschieden hatte, seinem Leben eine Wendung zu geben. Das war sicher der Grund, warum er heute nach München gefahren war.

Ich erschrak, weil mein Handy klingelte. Es war Tina.

„Hast Du gerade Nachrichten gesehen?" fragte sie atemlos.

„Ja, ich weiß schon Bescheid. Alex steigt bei dieser Serie aus!" antwortete ich.

„Was ist denn mit ihm los. Das war doch eine Traumrolle. Die Serie wäre sicher noch ewig gelaufen!"

Tina schien kein Verständnis zu haben.

„Eben! Das wollte er nicht mehr. Als Schauspieler braucht man neue Herausforderungen. Außerdem will er kürzer treten. Das weißt Du doch!"

„Jaja! Aber ich bin trotzdem enttäuscht. Ich habe diese Serie geliebt und viele andere auch!"

„Was würdest Du denn sagen, wenn Du bis an Dein Lebensende nur noch Betten machen müsstest?" fragte ich und musste bei der Vorstellung lächeln.

Das schien Tina zu überzeugen.

„Oh mein Gott! Du hast sicher Recht. Er muss seinem Leben und seiner Karriere einen neuen Sinn geben!"

Wir unterhielten uns noch eine Weile, dann beendete ich das Telefonat und ging ans Fenster, um nochmal zu Alex hinüber zu schauen. Ich konnte erkennen, dass er am Tisch saß und auf sein Laptop schaute.

Ich ging ins Bett und musste noch lange an Alex denken. Es war sicher ein großer Schritt für ihn gewesen, dass er aus dieser Serie ausgestiegen war. Ich hätte ihn jetzt gern in den Arm genommen.

Am nächsten Morgen schien die Sonne von einem strahlend blauen Himmel. Die Gäste beeilten sich nach dem Frühstück das Haus zu verlassen. Einige gingen wandern oder fuhren zu den Sehenswürdigkeiten in der Nähe. Tina und ich waren schon früh mit unserer Arbeit fertig.

Franz summte gut gelaunt in der Küche. Er schälte Kartoffeln und rührte abwechselnd in einem Suppentopf.

„Habt ihr gehört, dass Alexander Thomas nicht mehr in der Serie mitspielen wird?" rief er uns zu.

Ich deutete Tina an, dass sie Franz nicht zu viel erzählen sollte. Ich schatte Angst, dass sie sich verplappert.

Also sagte sie nur: „Ich finde es sehr schade. Aber er wird seine Gründe haben!"

Franz brummte: „Das wird er bereuen. Das werden ihm seine Fans übel nehmen!"

„Stell Dir vor, du müsstest bis an Dein Lebensende Kartoffeln schälen. Du willst doch auch mal was anderes machen!" sagte Tina und ich musste mir ein Lachen verkneifen. Das war gestern auch mein Argument gewesen.

Franz war eine Weile still. Dann lachte er und nickte.

„Auch wieder wahr!" sagte er.

Nach einer kurzen Pause fragte er dann: „Wer wohnt eigentlich im Appartement? Die kommen gar nicht zum Essen."

„Dort wohnt ein junger Mann, der seine Ruhe haben will!" antwortete ich schnell.

„Ach so!" sagte Franz und beließ es dabei.

Tina ging in die Küche. Ich hörte, wie sie sagte: „Franz wir wollen nächste Woche die Pension für eine Woche schließen. Es haben sich bisher keine Gäste angemeldet. Du könntest dann Urlaub nehmen!"

„Das passt mir sehr gut. Ich würde gern mal zu meinem Bruder fahren. Ich habe ihn schon länger nicht gesehen."

„Dann sage ich auch Manuela Bescheid und informiere Michael. Wir haben uns alle ein paar freie Tage verdient", sagte Tina.

Ich verabschiedete mich von Tina und Franz. Ich wollte heute zu einem kleinen See, der ein paar Kilometer von unserer Pension entfernt lag. Hier war ich sehr gern. Es gab ein paar Bänke, die idyllisch am Seeufer verteilt standen. Man konnte hier zahlreiche Vögel beobachten. Hierher kamen nicht viele Wanderer. Es war noch ein Geheimtipp.

Eigentlich wollte ich Alex fragen, ob er mitkommen möchte. Dann überlegte ich es mir doch anders. Er hatte ja meine Telefonnummer. Wenn er mich sehen wollte, dann sollte er sich melden.

Ich hatte mich umgezogen und nahm gerade meinen Rucksack aus dem Schrank, als mein Handy klingelte.

„Hast Du heute Zeit für mich?" hörte ich Alex´ Stimme.

„Ich wollte mich gerade auf den Weg zu meinem Lieblingsplatz machen!" sagte ich.

„Darf ich mitkommen?" fragte Alex vorsichtig.

„Natürlich! Ich würde mich freuen. Ich klopfte gleich bei Dir!" antwortete ich.

Bevor ich die Wohnung verließ, machte ich mich noch etwas im Badezimmer zurecht.

Ich legte ein leichtes Makeup auf und band meine langen Haare zu einem Zopf zusammen.

Ich nahm den Rucksack von der Kommode und ging hinüber zum Appartement. Alex saß schon vor der Tür in der Sonne. Als er mich kommen sah, stand er auf und kam mir entgegen.

„Hallo Julia. Du siehst bezaubernd aus!" begrüßte er mich.

Er machte einen etwas niedergeschlagenen Eindruck.

„Hallo Alex, wie geht es Dir? Wie war es in München?" fragte ich.

Alex seufzte.

„Ich habe mich gestern mit meinem Manager Toni Albrecht getroffen und ihn informiert, dass ich als Kommissar Berg aussteige. Er war alles andere als begeistert. Aber ich will etwas Neues machen. Ich habe ein Angebot von einem Regisseur, mit dem ich schon lange zusammenarbeiten wollte.

Es ist eine anspruchsvolle Rolle und nicht diese Vorabendunterhaltung!"

„Ich weiß schon Bescheid. Ich habe gestern Abend Nachrichten geschaut. Da hat man es bekannt gegeben. Ich finde Deine Entscheidung sehr mutig", sagte ich.

Alex nickte.

„Bei sowas ist die Presse immer schnell. Ich habe gestern Abend im Internet schon die abenteuerlichsten Vermutungen gelesen, warum ich aussteige. Glaube bloß nichts davon. Ich bin einfach nur ausgelaugt und brauche mehr Zeit für mich."

Er schaute mich lange an.

„Und für Dich!" beendete er den Satz.

Ich schaute ihn erstaunt an.

„Was meinst Du damit?" fragte ich.

„Ich habe mich in Dich verliebt Julia. Ich möchte mit Dir zusammen sein. Ich habe mich lange nicht mehr so wohl gefühlt, wie hier bei Dir."

Alex nahm meine Hand, dann beugte er sich zu mir und küsste mich.

Ich erwiderte den Kuss. Es war ein wunderschöner Moment.

„Wie stellst Du Dir das denn vor? Wie soll es mit uns weitergehen?"

„Erstmal bleibe ich noch eine Zeitlang hier. Ich werde mich in der nächsten Woche mit Werner Fürst, dem Regisseur von dem ich eben gesprochen habe, treffen. Er hat mir eine Rolle in seinem neuen Spielfilm angeboten. Ich denke, ich werde zusagen!" antwortete Alex.

Er sprach gleich weiter.

„Könntest Du Dir denn vorstellen mit mir zusammen zu sein?"

Ich schaute in seine Augen und mir wurde klar, dass ich gehofft hatte, das er mir diese Frage stellt."

„Wir können es ab nächste Woche für eine paar Tage ausprobieren. Wir schließen die Pension und ich habe Urlaub!" sagte ich leise.

„Das ist ja wunderbar. Wir werden viel Zeit miteinander verbringen und sehen wie es sich anfühlt."

„Dann fangen wir gleich damit an. Ich zeige Dir einen meiner Lieblingsplätze."

Alex und ich nahmen unsere Rucksäcke und liefen über die Buckelwiesen. Die Sonne wärmte schon und die Vögel zwitscherten um die Wette.

Nach einer Stunde kamen wir am See an. Hier waren wir allein. Wir suchten uns eine Bank in der Sonne. Alex holte eine kleine Flasche Sekt und zwei Gläser aus seinem Rucksack.

„Auf uns!" sagte er und wir stießen an.

Wir stellen unsere Gläser neben uns und Alex legte seinen Arm um mich.

„Es ist wirklich wunderschön und idyllisch hier. Ich kann Dich verstehen, dass Du gern hier bist!" flüsterte er mir ins Ohr.

Ich schmiegte mich an ihn und genoss einfach den Augenblick.

Ich hatte noch nie so gefühlt. Ich war glücklich und fühlte mich geborgen bei Alex.

Wir saßen eine ganze Weile schweigend in der Sonne, als Alex sagte:

„Ich hätte nie gedacht, dass ich mich so schnell in Jemanden verlieben kann. Du machst mich sehr glücklich. Ich habe immer Jemanden gesucht, bei dem ich nicht der Schauspieler sein muss, sondern einfach nur ein Mann."

„Du hast mein bisher beschauliches Leben ganz schön durcheinander gewirbelt. Ich genieße jeden Augenblick mit Dir. Ich wünsche mir sehr, dass das mit uns funktioniert", antwortete ich.

„Ich glaube der Maßanzug und die Wanderschuhe passen perfekt zueinander!" sagte Alex und wir mussten beide lachen.

Die restliche Woche hatte ich sehr viel zu tun. Ich sah Alex immer nur kurz am Abend. Am Sonntagmorgen verließen die letzten Gäste die Pension.

Tina, Manuela und ich kümmerten uns um die Zimmer und Franz putzte gemeinsam mit Michael die Küche.

Gegen Nachmittag war alles erledigt und wir setzten uns alle mit einer Tasse Kaffee und einem Stück Kuchen in den Gastraum.

„Ich wünsche Euch allen einen schönen Kurzurlaub. Wir sehen uns dann nächste Woche Montag wieder hier. Ab Dienstag kommen dann schon wieder neue Gäste!" sagte Tina.

„Was ist denn mit dem Gast im Appartement?" fragte Manuela.

„Ich bringe ihm heute noch frische Wäsche. Er weiß schon Bescheid, dass nächste Woche nicht gereinigt wird. Das ist kein Problem", antwortete ich.

„Ich habe ihn vorgestern einmal kurz gesehen. Er kommt mir sehr bekannt vor!" sagte Manuela.

Tina und ich sahen uns erschrocken an.

„Herr Hoffmann kommt aus München. Er ist Geschäftsmann, der hier ausspannen möchte!" sagte ich schnell.

Michael stand auf.

„So Leute, ich bin weg. Ich wünsche Euch auch ein paar schöne freie Tage!"

Auch Franz und Manuela erhoben sich.

„Bis nächsten Montag!" riefen sie fast gleichzeitig.

Tina und ich spülten noch das Geschirr und räumten alles in die Schränke.

Als wir fast fertig waren kam Phillip in die Küche.

„Na ihr Beiden!" sagte er. Er küsste Tina und fragte mich: „Freust Du Dich auf ein paar freie Tage?"

Ich nickte.

„Wir haben alle etwas Erholung nötig."

Phillip grinste und schob Tina Richtung Ausgang.

„Wir sind später noch eingeladen. Wir müssen los!" kommandierte er und Tina verdrehte die Augen.

„Das geht ja schon gut los. Mal sehen wie es nach der Hochzeit wird", sagte sie und lachte dabei.

Ich zwinkerte ihr zu.

„Lass ihn doch im Glauben, dass er der Chef ist. Wir Beide wissen doch, das es anders ist!"

Phillip lachte laut.

„Gegen Euch Beide habe ich sowieso keine Chance!"

Dann verließen Tina und Phillip Hand in Hand die Küche und ich war allein.

Es war schön und ungewohnt zu gleich, dass niemand im Haus war. Ich ging an die Rezeption und hängte das Urlaubsschild an die Tür. Dann schloss ich alles sorgfältig ab und ging in meine Wohnung.

Nachdem ich geduscht hatte, wollte ich es mir gerade auf der Couch bequem machen.

Auf einmal klingelte es unten an der Eingangstür.

„Können die Leute denn nicht lesen!" sagte ich genervt.

Es klingelte daraufhin gleich wieder.

Ich ging nach unten, um zu sehen, wer so hartnäckig war.

Vor der Tür stand Alex und wedelte mit einer Flasche Wein.

Jetzt musste ich doch lachen.

Ich öffnete die Tür und ließ Alex ins Haus.

„Bist Du allein?" fragte er leise.

„Ja, es sind alle ausgeflogen. Wir haben sturmfreie Bude!" antwortete ich.

Ich verschloss die Tür erneut und zog Alex an der Hand hinter mir nach oben in meine Wohnung.

Alex schaute sich bei mir um und sagte: „Genauso habe ich mir Deine Wohnung vorgestellt. Sehr hübsch und gemütlich. Ein Prinzessinnen Reich!"

Er stellte die Flasche Wein auf den Tisch und nahm mich in den Arm.

Ich schmiegte mich an ihn.

„Du fühlst Dich so gut an!" sagte ich leise.

Alex schaute mir tief in die Augen. Dann hob er mich auf seine Arme und fragte: „Wo ist Dein Schlafzimmer?"

Ich lächelte und antwortete: „Bieg einfach am Wohnzimmerschrank links ab!"

Als ich später in Alex Armen lag, war es wie im Traum. Der Sex war wundervoll und Alex ein einfühlsamer Liebhaber.

Ich kuschelte mich an ihn und schlief glücklich ein.

Am nächsten Morgen wurde ich vom Kaffeeduft wach. Ich drehte mich zu Alex hinüber, aber er war schon aufgestanden.

Ich krabbelte aus dem Bett und zog meinen Morgenmantel an. Dann ging ich in die Küche.

Alex stand nur mit einem Slip bekleidet am Kühlschrank. Er grinste als er mich sah.

„Guten Morgen mein Schatz, wie war die Nacht für Dich?" fragte er.

„Wieso? War da was Besonderes?" fragte ich, um ihn zu necken.

„Du kleines Biest! Warte, das hat Konsequenzen!"

Alex kam auf mich zu und küsste mich wild. Wir schafften es kaum zurück ins Schlafzimmer. Es war wie im Rausch.

Es war schon fast Mittag, als wir wieder aufstanden.

Der Kaffee vom Morgen war kalt geworden und ich schüttete ihn in den Ausguss.

Ich füllte die Kaffeemaschine erneut mit Wasser und Kaffeepulver und stellte sie an.

Alex war hinter mich getreten und küsste mich in den Nacken.

„Diese Konsequenzen möchte ich gern jeden Tag!" sagte ich und drehte mich zu Alex um.

Alex lachte.

„Das habe ich befürchtet."

Ich schaute erstaunt.

„Und gehofft!" beendete er den Satz.

In meiner Urlaubswoche unternahmen Alex und ich fast jeden Tag etwas zusammen. Es waren wunderschöne Tage und Nächte. Das einzige was mich störte, war die Tatsache, dass Alex sich weiterhin versteckte.

Ich wäre gern mit ihm in den Biergarten oder in ein Restaurant gegangen.

So kochten wir in meiner Wohnung und aßen, wenn das Wetter es zuließ, auf dem Balkon.

Eva rief ein paarmal an, um sich mit mir zu verabreden. Ich vertröstete sie auf die nächste Woche.

„Willst Du Deiner Freundin von uns erzählen? Wir können es sowieso nicht ewig verheimlichen", fragte mich Alex am Abend, als wir zusammen in der Küche waren.

„Wäre es Dir denn Recht? Ich möchte nichts über Deinen Kopf hinweg machen."

„Julia, ich habe eine Entscheidung getroffen. Ich werde morgen früh nochmal nach München fahren und mit Werner Fürst sprechen. Ich möchte unbedingt diesen Film mit ihm machen. Das wäre eine große Chance mir endlich einen Namen als Charakterschauspieler zu machen. Keine Serien mehr und keine heile Welt Filme. Davon habe ich genug."

Ich schaute ihn fragend an, weil ich merkte, dass er noch mehr sagen wollte.

„Ich will auch kein Versteckspiel mehr. Ich möchte mich zu uns bekennen. Aber eins musst Du wissen! Du wirst dann keine ruhige Minute mehr haben. Die Presse wird sich auf Dich stürzen!" sagte er ernst.

Ich wusste, dass Alex damit Recht hatte. Die Situation bei unserer Wanderung und die Berichte in der Zeitung und Fernsehen, hatten mir gezeigt, dass es schwierig werden würde.

„Bist Du bereit, diesen Schritt mit mir zu gehen?" fragte Alex.

„Ich würde mit Dir überall hingehen. Ich liebe Dich!" sagte ich voller Überzeugung.

„Ich liebe Dich auch und würde Dich am liebsten gleich mit nach München nehmen."

Alex küsste mich auf die Nasenspitze.

„Da sprichst Du etwas an, was ich Dich ohnehin fragen wollte. Wo wollen wir wohnen, wenn wir zusammen bleiben? Ich kann nicht jeden Tag von München zur Pension pendeln."

„Lass uns einen Schritt nach dem anderen machen."

Alex lächelte zuversichtlich.

Am nächsten Morgen fuhr Alex nach dem Frühstück nach München. Ich verabschiedete mich von ihm vor der Tür und winkte ihm nach, bis er nicht mehr zu sehen war.

Ich ging zurück zum Haus. Ich war gerade in der Wohnung, als mein Handy klingelte.

Es war Eva. Sie war total aufgeregt.

„Hast Du schon mal in die Zeitung geschaut? Warum hast Du mir nicht gesagt, dass Du Dich mit Alexander Thomas triffst? Wir sind doch Freundinnen!" sagte sie enttäuscht.

Ich wollte etwas erwidern, aber Eva redete gleich weiter.

„Wo hast Du ihn denn kennengelernt. Ich habe so viele Fragen. Kann ich zu Dir kommen?"

Wir verabredeten, dass Eva in einer Stunde bei mir sein sollte. Dann nahm ich die Zeitung und bekam große Augen.

Die Schlagzeile auf der ersten Seite lautete:

Alexander Thomas beendet Karriere. Ist diese Frau der Grund dafür?

Darunter war ein Foto von mir zu sehen. Ich schaute mir das Foto genau an. Es war während der Wanderung mit Alex aufgenommen worden.

Und jetzt fiel mir ein, wie es entstanden sein musste.

Als Alex sich mit dieser Frau fotografieren ließ, hat der Mann auch heimlich ein Foto von mir gemacht. Dieses hatte er jetzt der Zeitung angeboten und wahrscheinlich viel Geld dafür kassiert. Ich war auf einmal sehr wütend.

Ich rief Alex auf dem Handy an. Er ging nicht dran und ich sprach auf die Mailbox:

„Alex, wir sind die Schlagzeile im Bayerischen Kurier. Es gibt auch ein Foto von mir.

Ich wollte nur, dass Du nicht unvorbereitet bist. Ich liebe Dich!"

Kurze Zeit später klingelte auch schon Eva an der Tür.

Als ich ihr öffnete, schaute sie traurig.

„Was ist los?" wollte ich wissen.

„Ich bin enttäuscht, dass Du mir nichts gesagt hast", antwortete sie.

„Komm, ich erzähl Dir was passiert ist und warum ich nichts sagen konnte."

Ich schob sie die Treppe zu meiner Wohnung hoch.

Ich hatte Kaffee gekocht und stellte uns beiden einen Becher auf den Tisch.

„Also leg los!" sagte Eva.

Und dann erzählte ich ihr, wie ich Alex in München kennengelernt und wir uns hier wieder getroffen hatten. Ich erzählte ihr auch, dass ich Alex versprochen hatte, keinem zu sagen, dass er hier wohnte.

Eva nickte, als ich ihr sagte, wie die Fans ihm auflauerten und keine Ruhe ließen.

„Das kann ich verstehen. Und jetzt wird es Dir auch so gehen. Es wird schnell klar sein, wer Du bist!"

Eva hatte Recht. Es war nur eine Frage der Zeit, wann die ersten Journalisten hier eintreffen würden. Dann war es mit der Ruhe in der Pension vorbei. Daran hatte ich überhaupt nicht gedacht. Das machte mir Angst.

„Ich beneide Dich schon ein bisschen!" sagte Eva. „Du hast Dir den begehrtesten Junggesellen Deutschlands geangelt!"

„Ich habe mich in Alex verliebt, als ich noch gar nicht wusste, wer er ist. Er ist einfach ein wundervoller Mann."

„Warum schaust Du dann so unglücklich?" fragte Eva.

„Mir macht es Sorgen, dass wohlmöglich hier bald Heerscharen von Paparazzi aufschlagen und wir keine Ruhe mehr haben werden.

Die Gäste kommen doch wegen der Abgeschiedenheit hier her!"

Eva sah mich erschrocken an.

„Das könnte tatsächlich passieren. Das wäre zwar eine super Werbung für Euch, aber es würden nur noch Gäste kommen, die hoffen Dich und Alex zu sehen", antwortete sie. „Aber irgendwann würde es sich bestimmt wieder beruhigen."

Ich war mir da nicht so sicher.

Es tat gut mit Eva über mich und Alex zu sprechen. Endlich konnte ich mit Jemanden über meine Gefühle reden. Eva und ich kannten uns schon seit dem Kindergarten. Ich konnte mich immer auf sie verlassen. Sie war in die Fußstapfen ihres Vaters getreten und Forstwirtin geworden. Seit dem letzten Jahr war sie mit Markus zusammen. Die Beiden hatten sich bei einem Seminar kennengelernt.

„Ich muss wieder zurück!" sagte Eva. „Ich wollte einfach mit Dir sprechen.

Es tut mir leid, dass ich sauer auf Dich war. Ich kannte ja nicht die Hintergründe."

Ich nahm Eva in den Arm und brachte sie noch zur Tür.

Am Nachmittag rief mich Alex zurück.

„Ich habe eben, nachdem ich bei Werner Fürst war, die Zeitung gelesen. Man sollte diesen Kerl, der heimlich das Foto gemacht hat, anzeigen!"

Alex war sehr verärgert.

„Dann hätte es irgendwann ein anderer gemacht", sagte ich.

Es blieb eine Weile ruhig am anderen Ende, dann sagte Alex:

„Julia, Du bist eine tolle Frau. Ich liebe Dich sehr. Ich beeile mich und werde bald wieder bei Dir sein. Ich habe Dir viel zu erzählen."

Weil ich noch etwas Zeit hatte bis Alex wieder zurück sein würde, entschloss ich mich in den Supermarkt zu fahren.

Ich wollte für Alex und mich etwas Schönes zum Abendessen zubereiten.

Ich fuhr in den nächsten Ort und stellte meinen pinken Wagen auf dem Parkplatz ab.

Im Supermarkt war es ziemlich voll. Ich stellte mich in die Schlange an der Fleischtheke und überlegte, was ich kochen wollte.

Plötzlich tippte mir Jemand auf die Schulter.

Es war meine Nachbarin Frau Steinbauer, deren Hof an unser Grundstück grenzte.

„Hallo Julia, wie geht es Dir?" fragte sie.

„Danke, sehr gut. Ist bei Ihnen und ihrem Mann auch alles in Ordnung?" antwortete ich.

Frau Steinbauer nickte und dann sagte sie scheinheilig:

„Ich wusste gar nicht, dass sie die Freundin von Alexander Thomas sind. Dann sind sie jetzt ja auch prominent!"

Ich war wirklich überrascht, wie schnell es sich herumgesprochen hatte, dass Alex und ich ein Paar sind.

„Ich bin nicht prominent und meine Beziehung zu Herrn Thomas geht nur mich und ihn etwas an!" sagte ich lauter, als ich eigentlich wollte.

Frau Steinbauer schaute mich überrascht an.

„Kaum bist Du mit einem berühmten Mann zusammen, schon wirst Du arrogant!"

Dann ging sie weiter und ließ mich stehen.

Ich war wie vor den Kopf geschlagen. Als ich an der Reihe war, hatte ich vergessen, was ich kaufen wollte.

Die Verkäuferin lachte und sagte:

„Machen Sie sich nichts daraus. Die Steinbauer ist eine neugierige Hexe!"

Jetzt musste ich lachen.

„Das kann ich nur bestätigen!" antwortete ich.

Ich kaufte Kalbsschnitzel um daraus später Saltimbocca zuzubereiten und ein paar andere Lebensmittel.

Als ich an die Kasse kam, tuschelten zwei Kundinnen und unterhielten sich offenbar über mich. Ich ignorierte sie und war froh, als ich wieder im Auto saß.

Würde es jetzt immer so ablaufen oder gar schlimmer werden? Hier in der Gegend kannte mich fast jeder und es würde sich herumsprechen wie ein Lauffeuer.

Als ich zuhause auf den Hof fuhr, stand Alex schon neben seinem Auto und wartete auf mich.

„Hallo Schatz, wo kommst Du denn her?" fragte er, nachdem er mich zur Begrüßung geküsst hatte.

„Ich war einkaufen. Wartest Du schon lange?" fragte ich.

„Ich bin auch gerade gekommen. Ich wollte Dich gerade anrufen, da habe ich Deinen pinken Flitzer um die Ecke biegen sehen."

„Ich habe Dich vermisst!" sagte ich leise.

„Ich konnte es auch kaum erwarten wieder bei Dir zu sein!"

Alex küsste mich nochmal zärtlich.

Dann nahm ich meine Einkäufe aus dem Auto und wir gingen in meine Wohnung.

Alex warf seine Jacke auf die Couch und ging an den Kühlschrank.

„Möchtest Du auch ein Glas Wein?" fragte er und hielt eine Flasche Weißwein vor meine Nase.

„Ja, sehr gern. Der passt auch gut zu dem Essen,
dass ich kochen wollte!"

„Sollen wir zusammen kochen? Was gibt es
denn?"

Alex schaute in meinen Einkaufskorb.

„Ich wollte Saltimbocca mit Polenta machen.
Magst Du das?" fragte ich.

„Ich liebe die italienische Küche!" antwortete
Alex. „Und Dich liebe ich auch."

Ich musste lächeln. Alex war mir nach so kurzer
Zeit schon so nah.

„Wie war es in München? Erzähl mal, ich bin
schon so gespannt!"

Alex nahm unsere Weingläser und ging zur
Couch.

„Komm setz Dich mal. Es gibt super
Neuigkeiten!" sagte er.

Als ich mich neben ihn gesetzt hatte, gab er mir
mein Weinglas zurück.

„Es gibt etwas zu feiern. Ich habe die Hauptrolle in dem Film von Werner Fürst. Endlich kann ich mal zeigen was ich kann!"

Alex sah sehr glücklich aus.

„Ich gratuliere Dir! Ist es das, was Du schon immer wolltest?"

Alex nickte begeistert.

„Es ist ein Film über die Heimkehrer nach dem zweiten Weltkrieg. Ich spiele einen Soldaten, der in Sibirien in Gefangenschaft war."

Das hätte ich nicht erwartet.

„Das scheint jedenfalls keine Komödie zu sein!" sagte ich.

Alex grinste.

„Da hast Du Recht. Das Drehbuch ist sehr beeindruckend. Der Film wird mein Durchbruch werden!"

„Habe ich denn etwas falsch verstanden?" fragte ich.

Alex schaute verständnislos.

„Du hast doch gesagt, dass Du Dich zurückziehen willst. Jetzt sprichst Du vom Durchbruch?"

Alex legte den Arm um mich und küsste mich sanft.

„Ich will ein Schauspieler sein, der ernst genommen wird und sich die Rollen aussuchen kann. Ich will keine Serien mehr drehen. Das ist viel zu zeitintensiv."

So richtig überzeugte mich das nicht. Alex schien das zu merken.

„Bisher habe ich nur belanglose Filmchen gedreht und die Rolle als Kommissar Berg war auch wenig anspruchsvoll. Man könnte das auch mit meinem Beruf als Koch vergleichen. Du willst nicht immer nur Schnitzel braten, sondern auch mal Sterneküche kochen."

„Dann freue ich mich sehr, dass es mit der Rolle geklappt hat!" antwortete ich.

„Das Ganze hat allerdings einen Nachteil!"

Alex schaute niedergeschlagen.

„Wir werden uns ein paar Wochen nicht sehen können. Der Film spielt in Polen und in Russland. Es ist zu weit um während der Dreharbeiten zu Dir zu kommen. Bis dahin hat sich aber hoffentlich die Lage hier wegen uns Beiden beruhigt."

„Ich habe heute schon gemerkt, wie unangenehm es sein kann!" sagte ich traurig.

Während des Essens erzählte ich Alex von der Sache im Supermarkt.

„Wir schaffen das schon!" antwortete er.

Mein Urlaub ging viel zu schnell vorbei. Am Sonntagabend, als ich mit Alex auf der Couch kuschelte, sagte er plötzlich:

„Ab morgen müssen wir wieder vorsichtig sein. Ich schlafe dann auch wieder im Appartement!"

„Meinst Du, das macht überhaupt noch Sinn? Jetzt wo alle wissen, dass wir zusammen sind?"

Alex überlegte kurz.

„Die wissen aber nicht, dass ich hier bei Euch wohne. Hier im Haus würde ich ja ständig den anderen Gästen über den Weg laufen."

„Warum muss denn alles so kompliziert sein?" sagte ich deprimiert.

Alex streichelte mir über die Haare.

„Es wird sich alles beruhigen. Wir müssen die nächsten Wochen überstehen. Du wirst sicher ein paar Journalisten Fragen beantworten müssen. Aber ich bin bei Dir und passe auf Dich auf."

Am nächsten Tag kamen unsere Angestellten wieder pünktlich zur Arbeit. Michael fuhr nach München, um in der Markthalle Lebensmittel einzukaufen. Manuela bereitete die Zimmer der Gäste vor, die morgen eintreffen würden.

Alex war wieder zurück im Appartement.

Tina und ich saßen an der Rezeption.

„Seit dieses Foto von mir in der Zeitung war, steht mein Telefon nicht still!" sagte ich verzweifelt.

„Bei mir rufen auch alle möglichen Leute an!" antwortete Tina. „Ich gehe schon gar nicht mehr dran.

Franz hat auch schon gefragt, ob er Alex mal kennenlernen darf. Manuela hat es gleich er ganzen Familie erzählt."

Ich stöhnte. Mir wurde so langsam bewusst, was auf uns zukommen würde.

„Schau mal in die Emails. Es gibt einige Anfragen, die nur darauf abzielen, Dich und Alex hier zu treffen. Das sind bestimmt Journalisten!"

Tina schaute empört.

„Es tut mir leid Tina. Das konnte ja keiner ahnen", sagte ich kleinlaut.

„Mach Dir keine Sorgen. Wir bekommen das in den Griff. Ich habe schon mit Phillip darüber gesprochen.

Wenn es zu schlimm für Dich wird, dann ist es besser, wenn Du eine Zeitlang untertauchst."

„Wo soll ich denn hin? Ich will mich nicht verstecken. Außerdem brauchst Du hier meine Hilfe!"

„Darüber habe ich auch schon nachgedacht. Ich habe mit Beate gesprochen. Sie würde mir ein paar Wochen aushelfen", antwortete Tina.

Beate war Phillips ältere Schwester. Sie war geschieden und hatte keine Kinder. Sie hatte auch vorher schon hin und wieder in der Pension ausgeholfen.

Ich konnte keinen klaren Gedanken fassen.

„Ich rede später mit Alex!" sagte ich.

„Mach das. Ich denke aber, er wird mir zustimmen."

Tina drückte meine Hand.

„Wichtig ist doch, dass ihr euch liebt. Alles andere wird sich schon ergeben."

„Ich liebe Alex wirklich. Ich bin nur im Moment von der Situation überfordert. Ich habe heute die Steinbauer im Laden getroffen. Sie meinte ich sei arrogant, seit ich prominent bin!"

Tina lachte laut.

„Die spinnt doch! Die soll mal lieber vor der eigenen Tür kehren!" sagte sie entrüstet.

Als ich zurück in meine Wohnung gehen wollte, kam mir Franz entgegen. Er hatte wahrscheinlich wieder gelauscht.

„Du hättest uns ruhig sagen können, dass Du mit Alexander Thomas befreundet bist."

Franz schaute beleidigt.

„Jetzt fang Du nicht auch noch an. Ich habe echt keine Lust jedem mein Privatleben auf die Nase zu binden!"

Franz machte den Mund auf um etwas zu sagen. Dann merkte er aber, dass er zu weit gegangen war und brummte nur etwas Unverständliches.

„Na ja. Ich kenne Dich ja schon seitdem Du ein kleines Mädchen bist", sagte er kleinlaut.

„Das stimmt, aber von Alex und mir wusste bisher nur Tina. Das mein Foto in die Zeitung gekommen ist, war ein Schock für mich. Aber nun ist es passiert und es gefällt mir überhaupt nicht. Sei nicht böse und habe bitte Verständnis, dass ich es nicht an die große Glocke hängen will."

Franz schaute betrübt auf den Boden und schlich wieder zurück in die Küche.

Ich ging in meine Wohnung und warf mich auf das Bett. In meinem Kopf ging alles drunter und drüber.

Ein Blick auf mein Handy zeigte mir, dass ich unzählige Anrufe und Nachrichten auf der Mailbox hatte.

Ich rief Alex an und erzählte ihm davon.

„Wir kaufen Dir eine Prepaidkarte mit einer neuen Nummer.

Schalte einfach das Handy solange aus! Hast Du Zeit? Willst Du zu mir kommen?" fragte Alex.

„Ich bin gleich bei Dir!" sagte ich.

„Komm rein mein Schatz", begrüßte mich Alex. Er nahm mich in den Arm und mir kamen die Tränen.

„Nicht weinen Julia. Es wird alles gut."

Alex küsste mein tränennasses Gesicht.

Er zog mich ins Wohnzimmer und setzte sich mit mir auf die Couch.

„Belastet es Dich so sehr, dass Du ab jetzt im Rampenlicht stehen wirst?" fragte er vorsichtig.

„Im Moment bin ich von der ganzen Aufmerksamkeit überfordert. Jeder fragt mich nach uns und wie wir uns kennen gelernt haben. Auch unsere Angestellten sind ganz aus dem Häuschen."

Alex nickte verständnisvoll.

„Vielleicht war es ein Fehler, dass ich mich hier versteckt habe und aus der Serie ausgestiegen bin. Meine Fans machen tatsächlich Dich dafür verantwortlich. Sie glauben Du hättest mich dazu überredet."

„Woher weißt Du das?" fragte ich erschrocken.

„Im Internet gibt es ziemlich gehässige Kommentare. Viele sind wirklich beleidigend!"

„Was schreiben die Leute denn? Die kennen mich doch gar nicht?"

Vor Wut zitterte meine Stimme.

„Lese es besser nicht. Ich ignoriere diese Kommentare schon lange. Aber manches bekommt man doch mit."

Alex seufzte und dann küsste er mich zärtlich.

„Vielleicht sollten wir die ganze Sache offensiv angehen. Ich bin morgen Abend zu einer Talkshow eingeladen. Ich werde dort zu uns Stellung nehmen. Es sollen alle wissen, dass ich meine Entscheidungen selber treffe und Dich liebe!" sagte er bestimmt.

„Möchtest Du mit nach München kommen? Ich nehme Dich mit ins Studio. Du kannst dann alles live mitverfolgen?"

Ich schaute ihn fragend an.

„Wir packen ein paar Sachen und wohnen dann in meinem Haus. Kannst Du hier weg?"

Ich erzählte Alex, dass mir Tina gerade das geraten hatte. Vielleicht war es wirklich besser mit Alex nach München zu gehen, bis die Lage sich hier beruhigt hatte.

„Deine Schwester hat Recht. Morgen früh fahren wir in mein Haus und am Abend gehst Du mit mir zu dieser Talkshow."

Ich nickte und fragte leise:

„Hauptsache wir sind zusammen."

„Ich lasse Dich nicht mehr gehen!" antwortete Alex.

In diesem Moment dachte ich noch, es wird alles gut!

Ich blieb in dieser Nacht bei Alex und schlich mich am nächsten Morgen in meine Wohnung, um meine Sachen zu packen.

Ich verabschiedete mich von Tina.

Eine Stunde später fuhren Alex und ich in seinem Wagen Richtung München.

Alex wohnte in einem noblen Vorort. Als er vor einem wunderschönen Bungalow parkte, bekam ich große Augen.

„Hier wohnst Du?" fragte ich.

„Ja, das Haus gehört mir!" antwortete Alex und lächelte stolz.

„Herr Thomas! Mein Name ist Jürgen Heim vom Kurier. Ich habe ein paar Fragen!" hörten wir plötzlich eine Stimme hinter uns.

Ein kleiner rundlicher Mann mit einer Kamera kam uns entgegen. Er war aus einem Auto gestiegen, das am Straßenrand stand.

Anscheinend hatte er hier gewartet, in der Hoffnung, dass Alex hier auftauchte.

Ich war sprachlos.

Der Mann nahm seine Kamera und machte ungefragt Fotos von Alex und mir.

„Hören sie sofort damit auf und verschwinden Sie!" rief Alex wütend. „Sonst rufe ich die Polizei!"

Der Mann hörte tatsächlich auf zu fotografieren und sagte:

„Unsere Leser haben ein Recht darauf zu wissen, warum sie aus der Serie ausgestiegen sind."

„Ihre Leser werden es noch früh genug erfahren!"

Alex nahm unser Gepäck aus dem Kofferraum.

„Komm Schatz, lass uns ins Haus gehen", sagte er.

Wir beeilten uns dem aufdringlichen Journalist zu entkommen.

Als Alex die Tür hinter uns schloss, atmete ich auf. Mir zitterten aber immer noch die Knie vor Aufregung.

„Was war das denn für ein unverschämter Kerl!" sagte ich.

Alex stellte unsere Koffer ab und nahm mich tröstend in den Arm.

„Mal sehen, was morgen über uns in der Zeitung steht. Dieser Heini vom Kurier ist ein Schmierfink", antwortete Alex.

Er wurde rot vor Zorn.

Ich schaute mich im Flur um.

„Möchtest Du Dir das Haus anschauen?" fragte Alex.

Ich nickte.

Der Bungalow war sehr weiträumig und hell mit großen Fenstern und einem wunderschönen Blick in den Garten. Es gab sogar einen Pool.

Alex hatte einen sehr guten Geschmack. Die Möbel und Bilder an der Wand waren sehr edel.

„Das ist mein Lieblingsraum!" sagte Alex und zeigte in seine offene Küche. „Ich koche immer noch für mein Leben gern."

„Das Haus ist ein Traum", antwortete ich.

„Lass uns die Koffer ins Schlafzimmer bringen", forderte Alex mich auf.

Das Schlafzimmer war ein großer Raum mit anschließendem Bad. Alex stellte die Koffer neben den Einbauschrank und nahm meine Hand. Wir ließen uns auf das Bett fallen und küssten uns.

„Ich möchte auf der Stelle mit Dir schlafen!" flüsterte Alex mir ins Ohr.

„Ich kann Dir keinen Wunsch abschlagen!" antwortete ich.

Alex lachte leise und öffnete die Knöpfe meiner Bluse.

„Braves Mädchen!" sagte er.

Wir blieben bis zum Nachmittag im Bett. Dann räumte ich meine Sachen in den Schrank und ging mit Alex in die Küche.

Er kochte uns ein schnelles Pasta Gericht.

Nach dem Essen machte ich mich im Badezimmer für den Abend zurecht. Ich schminkte mich etwas mehr als sonst und föhnte meine Haare zu einer modernen Frisur.

Als ich ins Schlafzimmer kam, stand Alex am Schrank und holte einen schicken Anzug heraus.

Als er mich sah, pfiff er und sagte: „Julia, Du bist wunderschön und sexy!"

„Ich möchte doch neben so einem so tollen Mann nicht wie ein Mauerblümchen aussehen", antwortete ich.

„Das bist Du nicht. Wenn Du wüsstest wie viele meiner Schauspielkolleginnen bei ihrem Aussehen nachhelfen, dann würdest Du Dich wundern. Bei vielen ist kaum noch was echt!"

Ich schaute ungläubig.

„Es ist aber so. Du bist durch Deine Natürlichkeit viel schöner und brauchst Dich wirklich nicht zu verstecken."

Ich hatte nur Dessous an und nahm jetzt mein Kleid aus dem Schrank. Ich hatte mich für ein enganliegendes schwarzes Minikleid entschieden.

„Ist das okay für heute Abend?" fragte ich.

Alex nickte begeistert und ich musste lächeln.

Etwa eine Stunde später saßen wir im Auto und fuhren zu dem Studio, wo die Aufzeichnung der Talkshow stattfinden sollte.

Wir parkten an der Hintertür und wurden von einer jungen Frau zu einem Raum hinter den Kulissen gebracht.

Alex musste noch in die Maske und wurde geschminkt.

„Das ist wegen dem hellen Scheinwerferlicht. Man sieht sonst jeden Pickel!" sagte er.

Die junge Frau, die sich als Steffi vorstellte, nahm mich mit ins Studio. Sie zeigte mir meinen Platz im Zuschauerraum. Es waren schon einige Gäste anwesend. Der Raum füllte sich schnell.

Ein Mann mit Mütze wies uns an, wie und wann wir zu klatschen hatten und dann ertönte Musik.

Der Talkmaster kam auf die Bühne und stellte die Gäste der Show vor.

Als Alex auf die Bühne kam, klatschte die Frau neben mir wie verrückt.

„Er ist so ein toller Mann! Ich bin heute nur wegen ihm hier!" sagte sie begeistert.

„Ja, das ist er", antwortete ich.

Die Talkshow hatte das Thema „Traumberufe" als Schwerpunkt.

Als erstes wurde eine Frau interviewt, die ihren Traumberuf als Ärztin gefunden hatte. Sie berichtete über die schönen, aber auch schweren Momente in ihrem Beruf. Sie war mir sehr sympathisch.

Der Nächste war ein junger Mann, der als Politiker Karriere gemacht hatte. Er war der jüngste Bürgermeister Deutschlands. Nach ungefähr einer halben Stunde gab es eine Werbeunterbrechung. Dann kam Alex an die Reihe.

„Herr Thomas, unsere Gäste und auch ich wüssten gern, warum sie die Rolle des Kommissar Berg nicht weiter spielen wollen. Die Serie war doch äußerst erfolgreich!" sagte der Talkmaster.

Alex setzte sich gerade und antwortete:

„Als Erstes möchte ich klarstellen, dass meine Freundin Julia nichts mit der Entscheidung zu tun hatte. Ich habe sie erst später kennengelernt. In der Presse und im Internet kursieren da Unwahrheiten."

Alex machte eine Pause.

„Es geht ja um Traumberufe. Als erfolgreicher Schauspieler kann ich sagen, dass mein Leben durchaus manchmal wie im Traum abgelaufen ist.

Ich war fast überall auf der Welt und habe die schönsten Frauen kennengelernt. Aber die Frau die ich liebe sitzt heute hier im Publikum."

Ich wurde knallrot.

„Meine Freundin sitzt vorn in der ersten Reihe."

Die Kamera suchte mich und mir wurde fast schlecht vor Aufregung.

Ich winkte schüchtern und alle Köpfe wanderten in meine Richtung.

Der Talkmaster wandte sich zu mir.

„Herzlich Willkommen Frau??"

Ein Studioangestellter hielt mir ein Mikrofon vor die Nase.

„Ich heiße Julia Brunner!" sagte ich leise. Meine Stimme zitterte.

„Sind sie auch Schauspielerin?"

„Nein. Mir gehört eine kleine Pension in der Nähe von Garmisch-Partenkirchen."

„Interessant!" sagte der Talkmaster und wandte sich wieder an Alex.

„Wo haben Sie sich kennengelernt?" wollte er wissen.

„Das ist unsere Privatsache. Das Thema heißt doch Traumberufe. Leider hat man als Schauspieler nicht immer nur Sternstunden. Die Tatsache, dass man ständig von Journalisten und Fans bedrängt wird, ist sehr belastend."

Der Talkmaster nickte.

„Wie wird es für Sie weitergehen? Haben Sie schon Pläne?"

„Ich werde in dem neuesten Film von Werner Fürst die Hauptrolle spielen", antwortete Alex.

Die Frau neben mir flüsterte: „Ich wünsche Ihnen und Herrn Thomas alles Gute. Er hat einen sehr guten Geschmack."

„Vielen Dank!" sagte ich und musste lächeln.

Die Show dauerte noch eine weitere Stunde. Nach Alex wurden noch drei andere Gäste interviewt. Nach der Schlussmusik leerte sich das Studio schnell. Ich blieb auf meinem Platz sitzen und wartete auf Alex.

Er kam nach einer Weile lächelnd auf mich zu.

„Na, wenn das nicht offensiv war!" sagte ich, als er sich neben mich setzte.

„Ich dachte es ist das Beste. So wissen gleich alle Bescheid und die Presse lässt uns in Ruhe."

„Ich dachte ich falle tot vom Stuhl, als der Talkmaster mich angesprochen hat."

Alex lachte laut.

„Du gewöhnst Dich daran. Die geladenen Gäste sind noch zu einem Drink eingeladen worden. Wollen wir gehen oder möchtest Du Dich in die Höhle des Löwen begeben?"

Ich schaute unsicher.

„Komm, trau Dich. Was soll passieren. Die bist wunderbar und ich bin bei Dir."

Ich küsste Alex und stand auf.

„Dann lass uns noch etwas mit den Anderen trinken. Irgendwann muss ich mich daran gewöhnen, dass ich neben Dir eine besondere Rolle spiele."

„Du spielst in meinem Leben die wichtigste Rolle", antwortete Alex. „Und das wissen jetzt alle!"

Es war schon mitten in der Nacht, als wir wieder an Alex Haus angekommen waren.

Im Schlafzimmer zog ich mein Kleid aus und hängte es auf den Bügel. Dann ging ich unter die Dusche. Als ich zurückkam, lag Alex angezogen auf dem Bett und schnarchte leise.

Ich legte mich neben ihn und stupste ihn sanft an.

Alex öffnete die Augen und lächelte.

„Du bist eingeschlafen. Ich habe Dich geweckt, weil Du noch Deinen Anzug an hast."

Alex schaute an sich hinunter und grinste.

„Dann gehe ich auch mal unter die Dusche. Bis gleich!"

Er stand auf und zog sich aus.

Ich pfiff leise und sagte: „Beeil Dich!"

Am nächsten Tag schliefen wir lange. Nach einem schnellen Frühstück setzten wir uns in Alex Garten. Das Wetter war heute sehr schön und die Sonne hatte schon ziemlich viel Kraft für Ende April. Wir lagen nebeneinander auf bequemen Liegen und hielten uns an der Hand.

„Sollen wir heute Abend essen gehen?" fragte Alex.

„Ich kenne ein sehr gutes kleines Restaurant. Ich gehe öfter dort essen."

„Warum nicht?" antwortete ich.

Am Abend fuhren wir in die Münchner Innenstadt. Das Restaurant lag direkt an der Isar. Von unserem Tisch aus hatten wir einen herrlichen Blick.

„Guten Abend Herr Thomas. Schön, dass Sie mal wieder unser Gast sind. Ich bringe Ihnen gleich die Karte. Möchten Sie schon einmal ein Glas Champagner?"

Alex schaute mich fragend an. Ich nickte zustimmend.

Alex nahm meine Hand.

Ich schaute mich im Restaurant um. Einige Gäste hatten Alex anscheinend erkannt, denn sie schauten zu uns hinüber. Sie ließen uns aber in Ruhe.

Der Kellner brachte den Champagner und die Speisekarte. Er hielt sich sehr diskret im Hintergrund.

Es wurde ein wunderschöner Abend. Endlich konnte ich entspannen und Alex Nähe genießen.

Ich fand es auch nicht schlimm, dass der Besitzer des Restaurants später fragte, ob er ein Foto mit uns machen dürfte.

„Ich würde das Foto gern in meiner Galerie der prominenten Gäste aufhängen, wenn es Ihnen Recht ist?"

Alex schaute mich fragend an.

„Ich habe kein Problem damit", sagte ich.

Die nächsten Tage waren wunderschön und verliefen ohne besondere Vorkommnisse. Die Presse hatte sich auf einen anderen Prominenten gestürzt. Die Lage beruhigte sich, wie Alex schon gesagt hatte.

Allerdings gab es in mehreren Illustrierten Fotos von mir und Alex. Einige waren an dem Abend nach der Talkshow entstanden.

„Wir sind ein schönes Paar", sagte Alex, als er mir die Fotos zeigte.

Wir unternahmen Spaziergänge, besuchten den Englischen Garten und konnten sogar einmal in Alex´ Pool schwimmen.

Am Ende der Woche rief ich Tina an und fragte, ob alles in Ordnung sei.

„Hier ist alles im grünen Bereich. Beate hilft mir wo sie kann. Allerdings haben wir Anfragen ohne Ende. Die Leute hoffen immer noch Alex und Dich hier anzutreffen."

„Was sagst Du den Leuten?" fragte ich.

„Wenn sie mich fragen, dann sage ich die Wahrheit."

Tina räusperte sich.

„Ich sage, dass Du zurzeit in München bist."

„Wie lange kannst Du mich denn noch entbehren?" fragte ich.

„Beate kann noch eine Weile bleiben. Aber wir müssen auch noch ein paar Dinge besprechen. Wenn wir so oft ausgebucht sind, dann brauchen wir Unterstützung. Manuela schafft das nicht allein."

Tina hatte Recht. Ich konnte ihr auf Dauer nicht alles aufbürden.

Ich verabschiedete mich von ihr und versprach, bald wieder nach Hause zu kommen.

Am Abend sprach ich mit Alex darüber.

„Ich fahre mit Dir nächste Woche zurück. Dann bleibe ich noch ein paar Tage im Appartement. Ich muss mich auch nochmal mit Werner Fürst treffen. Die Dreharbeiten zum neuen Film werden bald beginnen."

Die Tage in München vergingen wie im Flug. Am letzten Abend in Alex´ Haus lagen wir, nachdem wir uns geliebt hatten, eng umschlungen im Bett.

„Mir graut es vor der langen Zeit ohne Dich!" sagte ich.

Alex strich mir zärtlich eine Locke aus dem Gesicht.

„Mir auch. Ich versuche jedenfalls so oft ich kann in den Drehpausen zu Dir zu kommen", sagte er.

Ich kuschelte mich an ihn und schlief ein.

Als ich am nächsten Morgen schon früh wach wurde, hatte ich starke Kopfschmerzen. Ich wollte aufstehen und musste an der Bettkante erst einmal sitzen bleiben, weil mir so schwindelig war. Ich bekam Angst.

Ich weckte Alex.

„Was ist los Schatz?" fragte er besorgt.

„Ich habe rasende Kopfschmerzen und mir ist furchtbar schwindelig!"

Ich hielt mir den Kopf und stöhnte.

„Bleib liegen, ich hole Dir eine Tablette und ein Glas Wasser. Es wird Dir bald besser gehen."

Alex stand auf und ging in das Badezimmer. Ich legte mich wieder hin.

Der Schwindel ließ langsam nach, aber die Kopfschmerzen waren unvermindert stark.

Nachdem ich die Kopfschmerztablette genommen hatte, ließen die Scherzen langsam nach und ich konnte aufstehen.

„Geht es Dir besser?" fragte Alex.

Ich nickte und setzte mich zu ihm an den Küchentisch.

„Möchtest Du frühstücken?"

Alex schaute mich fragend an.

Ich schüttelte den Kopf. Ich hatte keinen Hunger und mir war übel.

„Lass uns gleich unsere Sachen packen und dann bringe ich Dich nach Hause. Dann kannst Du Dich gleich wieder hinlegen."

Das taten wir dann auch. Ich musste mich immer wieder zwischendurch hinsetzen, weil der Schwindel wieder einsetzte.

Alex verstaute unser Gepäck im Kofferraum und wir fuhren kurz vor Mittag zurück in die Pension.

Tina begrüßte mich mit den Worten:

„Du bist ja schrecklich blass. Ist alles in Ordnung mit Dir?"

„Ich weiß auch nicht. Heute Morgen hatte ich furchtbare Kopfschmerzen und Schwindel. Jetzt geht es aber etwas besser. Vielleicht kommt es von der Aufregung der letzten Tage!" antwortete ich.

„Ist Alex wieder drüben im Appartement?" wollte Tina wissen.

Ich nickte.

„Wenn es für Dich in Ordnung ist, lege ich mich wieder hin?"

„Natürlich! Wenn Du etwas brauchst, sage bitte Bescheid!"

Tina schaute sehr besorgt.

„Danke!" sagte ich und ging in meine Wohnung.

Dort warf ich mich auf mein Bett und schlief durch bis zum nächsten Morgen.

Als ich gegen sechs Uhr erwachte, ging es mir wesentlich besser.

Allerdings erschrak ich, weil ich noch meine Kleidung vom Vortag anhatte. Ich hatte wie im Koma geschlafen.

Alex hatte versucht mich anzurufen. Das Handy blinkte und zeigte mehrere Anrufe in Abwesenheit an.

Ich wählte Alex´ Nummer. Er ging sofort dran.

„Julia, mein Schatz! Wie geht es Dir? Ich habe mir Sorgen gemacht. Ich habe schon ein paarmal versucht Dich zu erreichen!" sagte er.

„Mir geht es viel besser. Die Kopfschmerzen sind weg!"

„Gott sei Dank. Ich habe vorhin schon Tina gebeten, nach Dir zu schauen. Sie war in Deiner Wohnung und hat gesagt, dass Du angezogen auf Deinem Bett gelegen hast."

„Das stimmt. Ich kann mich an gestern Abend kaum erinnern. Ich habe mich wohl hingelegt und habe dann bis heute Morgen fest geschlafen", antwortete ich.

„Wenn das nochmal vorkommt, dann geh bitte zum Arzt!" sagte Alex mit besorgter Stimme.

„Ich werde heute Vormittag mal mit Tina besprechen, wie es hier in der Pension weitergehen soll. Wann hast Du Deinen Termin bei diesem Regisseur?"

„Wir treffen uns morgen nochmal in München."

„Dann sollten wir die nächsten Tage, bevor Du weg musst, noch genießen", sagte ich leise.

Ich trank nur einen Kaffee, denn Hunger hatte ich immer noch nicht. Danach ging ich an die Rezeption. Tina schaute von dem Monitor hoch und sagte erleichtert:

„Du siehst heute schon viel besser aus Julia. Was machst Du denn für Sachen?"

„Ich weiß auch nicht. Die Schmerzen kamen über Nacht. Aber jetzt geht es mir wieder gut. Hast Du Zeit, dass wir uns mal zusammensetzen und besprechen wie es weitergehen soll?"

„Ich muss gerade noch eine E-Mail verschicken, dann komme ich rüber in die Gaststube."

Ich ging nach nebenan und schaute auch in die Küche.

Franz zerkleinerte Gemüse und pfiff ein Lied. Als er mich sah, legte er das Messer zur Seite und kam auf mich zu.

„Ich wollte mich bei Dir entschuldigen, weil ich zuletzt so neugierig war."

Franz schaute zerknirscht.

„Habe ich schon vergessen", antwortete ich und lächelte.

„Kommst Du zurecht? Oder brauchst Du Hilfe in der Küche, jetzt wo doch wesentlich mehr Gäste da sind?"

„Es wäre schon schön, wenn ich eine Küchenhilfe hätte. Wenigstens Jemanden, der mir hier die Schnipselei abnimmt und beim Spülen hilft!"

Ich nickte verständnisvoll.

„Ich spreche gleich mit Tina. Wir werden wohl ein weiteres Zimmermädchen als Hilfe für Manuela einstellen. Dann schauen wir auch nach einer Küchenhilfe", antwortete ich.

„Das wäre ja auch für Tina und Dich eine Erleichterung. Ihr helft ja auch viel. Dann hättet ihr mehr Zeit für andere Dinge!"

Franz zwinkerte mir zu. Ich wusste genau, was er meinte.

Tina war auch gerade in die Küche gekommen und hatte unser Gespräch gehört.

„Franz hat Recht. Ich hätte mehr Zeit für Phillip und Du für Alex. Alle hätten etwas davon!" sagte sie.

„Dann lass uns mal ein Stellenangebot erstellen. Mal sehen, ob sich Jemand meldet!" antwortete ich.

Tina und ich formulierten eine Annonce, um ein Zimmermädchen und eine Küchenhilfe zu finden und stellten sie online.

Danach hatten wir Zeit, noch über die bevorstehende Hochzeit und meine Zeit mit Alex in München zu sprechen.

„Ich habe Dich und Alex in der Talkshow gesehen. Du sahst toll aus. Ich fand es wunderbar, dass Alex Dich dort als seine Freundin vorgestellt hat. Er steht zu Dir!" sagte Tina.

„Du glaubst nicht, wie überrascht ich war. Ich war so aufgeregt!" antwortete ich.

„Ich wäre auch vor Lampenfieber gestorben!"

Tina lachte laut bei der Vorstellung.

Wir saßen noch eine Weile zusammen. Es war schon Mittag und ich fragte Franz, ob er mir etwas zu Essen machen könnte.

Er hatte schon eine Gemüsesuppe für den Abend vorbereitet und brachte mir einen Teller in den Gastraum.

Nachdem ich gegessen hatte, überkam mich wieder diese bleierne Müdigkeit.

Ich verabschiedete mich von Franz und ging zu Tina an die Rezeption. Es waren gerade wieder Gäste angekommen. Die Frau, die eine Anmeldung ausfüllte, schaute zu mir hoch. Sie hatte mich anscheinend erkannt.

„Ach, Frau Brunner! Wie schön Sie kennen zu lernen. Mein Mann und ich sind extra wegen Herrn Thomas und Ihnen angereist!" sagte sie begeistert.

Ich wollte nicht unhöflich sein. Außerdem wollte ich mich einfach nur hinlegen.

Deshalb sagte ich nur: „Willkommen hier bei uns in der Pension Bergblick. Ich hoffe Sie haben einen angenehmen Aufenthalt!"

Dann winkte ich Tina kurz zu und ließ die Gäste einfach stehen.

Ich schaffte es gerade noch bis in meine Wohnung. Ich legte mich auf die Couch und schlief sofort ein.

Gegen Abend wurde ich wach, weil mir kalt war. Ich erschrak, als ich auf die Uhr sah.

Ich ging unter die Dusche. Danach fühlte ich mich wieder fit. Ich zog mich an und ging zu Alex hinüber in das Appartement.

Er öffnete die Tür nur einen Spalt und zog mich hinein.

„Hallo mein Liebling. Komm schnell rein. Draußen liefen eben schon Leute mit Kamera herum!"

„Ich weiß, heute Mittag hat mich schon eine Frau angesprochen. Das war ja zu erwarten."

Als es dunkel wurde gingen Alex und ich noch einmal an die frische Luft. Es tat gut sich ein bisschen zu bewegen. Wir liefen über einen Feldweg bis zum nächsten Hof und dann über die Wiese wieder zurück.

Schon dieser kleine Spaziergang hatte mich erschöpft. Was war denn los mit mir? Ich hatte mir bestimmt irgendeinen Virus eingefangen.

Ich blieb die Nacht über bei Alex. Bald würde er zu den Dreharbeiten aufbrechen und wir würden uns wochenlang nicht sehen können.

Dann ging aber alles noch viel schneller. Alex kam am nächsten Abend von seinem Termin mit dem Regisseur zurück.

Er machte einen bedrückten Eindruck.

„Ist etwas nicht in Ordnung?" fragte ich ihn.

„Die Dreharbeiten beginnen früher, als ich gedacht habe. Ich muss am Montag schon nach Warschau fliegen. Dort werden einige Szenen gedreht. Ein paar Tage später geht es schon Richtung Russland."

„Oh nein, so schnell schon?"

Ich war erschrocken, dass Alex schon so bald abreisen würde.

Alex nickte traurig. Er nahm mich in den Arm und wiegte mich eine Weile hin und her.

„Ich werde jede Möglichkeit nutzen, zu Dir zu kommen. Wir werden jeden Tag telefonieren. Die Zeit wird vergehen wie im Flug", versuchte Alex mich zu trösten.

Ich nickte, aber ich hatte Angst Alex zu verlieren.

Am Tag seiner Abreise küssten wir uns in seinem Appartement ein letztes Mal. Dann nahm er seine Koffer und stieg in sein Auto.

Sein Flug ging am frühen Nachmittag.

Als ich wieder allein in meiner Wohnung war, kamen mir die Tränen. Ich weinte und konnte mich überhaupt nicht beruhigen.

Ich rief Eva an und bat sie, zu mir zu kommen.

„Natürlich komme ich. Ich könnte gegen achtzehn Uhr bei Dir sein. Ich muss heute noch nach Garmisch."

„Danke Eva. Bis heute Abend", sagte ich.

Um mich abzulenken, schaute ich im Internet nach, ob sich Interessenten für die Stellenangebote gemeldet hatten.

Es hatten sich ein paar Zimmermädchen und Küchenhilfen beworben. Ich ging zu Tina an die Rezeption, um mit ihr zu besprechen, wen wir zu einem Vorstellungsgespräch einladen wollten.

Beate, Phillips Schwester, war heute auch da. Sie half Manuela mit den Zimmern und packte die schmutzigen Bettlaken und Handtücher in Stoffsäcke. Die Wäsche wurde einmal pro Woche von einer Reinigung abgeholt.

Wir begrüßten uns und ich bedankte mich bei ihr, dass sie so kurzfristig für mich eingesprungen war.

Tina und ich sahen die E-Mails durch und entschieden uns für zwei Frauen, die sich für die jeweiligen Stellen beworben hatten. Eine davon kannte ich noch aus meiner Schulzeit. Wir verabredeten, dass sie sich am nächsten Tag vorstellen sollten.

Als ich später meine Wohnungstür aufschloss, blinkte mein Handy. Alex hatte versucht mich telefonisch zu erreichen. So hatte er mir nur eine Textnachricht geschrieben.

Ich vermisse Dich jetzt schon mein Liebling. Ich melde mich wenn ich gelandet bin. Ich liebe Dich.

Ich schrieb zurück, dass es mir genauso ging und das ich dauernd an ihn denken musste.

Danach setzten meine Kopfschmerzen wieder ein. Nicht so schlimm wie in München, aber ich war besorgt. Früher hatte ich ganz selten Kopfschmerzen.

Ich setzte mich auf den Balkon. Die frische Luft tat gut. Ich schaute in die Berge und atmete tief ein.

Ich wollte mir gerade ein Glas Wasser holen, als es an der Tür klopfte.

Es war Eva.

Sie nahm mich in den Arm und drückte mich.

„Du siehst nicht gut aus. Geht es Dir so nahe, dass Alex nicht da ist?" fragte sie.

„Ja, das auch. Aber ich fühle mich seit ein paar Tagen nicht gut. Ich habe immer Schwindel und Kopfschmerzen. Außerdem bin ich immer müde und könnte den ganzen Tag nur schlafen."

„Es war die letzten Wochen einfach alles zu viel für Dich. Vielleicht ist es gut, dass Du jetzt erstmal zur Ruhe kommst. Du glaubst nicht, wie viele Leute mich auf Dich und Alex angesprochen haben."

Ich konnte es mir sehr gut vorstellen.

„Möchtest Du etwas trinken?" fragte ich.

Eva nickte und ich stand auf um uns eine angebrochene Flasche Wein aus dem Kühlschrank zu holen.

Ich verteilte den Rest auf zwei Gläser und wir prosteten uns zu.

„Sollen wir am Wochenende mal wieder in die Berge gehen?" fragte Eva.

„Sehr gerne, Ich vermisse unsere Wanderungen.“

Eva blieb noch bis kurz vor zehn bei mir. Es war wie in alten Zeiten. Als sie aufstand und sich verabschiedete, ging es mir besser. Es tat gut sich mal alles von der Seele zu reden.

„Ich muss mal los, sonst schaltet Markus eine Vermisstenanzeige!“ sagte sie und lachte.

„Bist Du glücklich mit Markus?“ fragte ich.

„Sehr sogar. Er ist das Beste was mir passieren konnte.“

Eva lächelte glücklich.

Ich drückte sie zum Abschied und brachte die Gläser in die Küche. Ich wollte gerade ins Badezimmer um zu duschen, da klingelte mein Handy.

Im Display sah ich, dass es Alex war. Mein Herz pochte gleich laut.

„Hallo mein Schatz!“ sagte ich. „Bist Du gelandet? Ist alles gut gelaufen?“

„Ich bin schon im Hotel. Hier habe ich endlich Empfang. Es war ein ruhiger Flug. Ich vermisse Dich mein Engel!" antwortete Alex und fragte gleich:

„Was hast Du heute gemacht und wie geht es Dir?"

„Eva war heute Abend bei mir. Wir haben viel geredet und mir geht es besser."

„Was machst Du heute noch? Weißt Du, wann die Dreharbeiten starten?" wollte ich wissen.

„Zwei Schauspiel-Kollegen sind auch hier im Hotel einquartiert worden. Wir wollen an der Bar noch einen Drink nehmen. Morgen früh werden wir dann abgeholt."

Alex sagte noch etwas, aber der Empfang wurde immer schlechter. Plötzlich war das Gespräch ganz weg. Ich versuchte ihn zurück zu rufen, aber die Leitung war tot.

Ich seufzte und legte das Handy zur Seite. Ich ging duschen und legte mich dann ins Bett.

Bevor ich einschlafen konnte dachte ich noch lange an Alex.

Die Woche verging schnell. Wir hatten die Vorstellungsgespräche mit den Bewerberinnen und entschlossen uns, die beiden Frauen gleich einzustellen.

Sabine Zimmer wurde unsere neue Küchenhilfe und Martina Wachter, meine frühere Schulkameradin, bekam die Stelle als Zimmermädchen. Manuela arbeitete sie bereits ein.

Die Küchenhilfe nahm Franz direkt unter seine Fittiche.

Ich telefonierte ein paarmal mit Alex, allerdings war der Empfang sehr schlecht und wir wurden immer wieder unterbrochen.

Freitagabend rief Eva an. Wir verabredeten uns für den nächsten Tag zu einer Wanderung.

Meine Kopfschmerzen wurde ich allerdings nicht los. Ich nahm mir vor, in der nächsten Woche meinen Hausarzt aufzusuchen.

Am Samstag schien die Sonne. Ich frühstückte auf dem Balkon und packte danach meinen Rucksack.

Eva war pünktlich bei mir und wir machten uns auch gleich auf den Weg. Die Wanderung führte uns immer entlang eines plätschernden Baches. Es tat sehr gut einfach mal wieder die Seele baumeln zu lassen. Die Bäume hatten jetzt Anfang Mai ein sattes Grün und auf den Bergen war nur noch wenig Schnee.

„Wir leben hier wirklich in einer wunderschönen Gegend."

Eva schaute schwärmerisch in die Ferne.

„Da hast Du Recht. Es ist Idylle pur", antwortete ich.

Gegen Mittag machten wir ein Picknick auf einer Wiese. Ich hatte Brot und Schinken eingepackt. Eva hatte Käse und Weintrauben dabei.

„Voila!" sagte Eva laut und zog eine Flasche Wein aus ihrem Rucksack. „Wir lassen es uns heute mal richtig gut gehen!"

Nachdem wir gegessen und ein Glas Wein getrunken hatten, legten wir uns auf die Decke. Die Sonne wärmte unsere Gesichter. Ich schaute in den Himmel und dachte an Alex.

Als ich zur Seite schaute, merkte ich, dass Eva eingeschlafen war. Ich musste lächeln und schloss ebenfalls die Augen.

Ich wurde wach, weil Eva mir mit einem Grashalm an der Nase kitzelte.

„Aufstehen Du Schlafmütze!" sagte sie.

Ich streckte ihr die Zunge heraus und versuchte aufzustehen. Plötzlich wurde mir schwarz vor Augen und ich sackte wieder zusammen.

„Was ist los?" fragte Eva ängstlich.

„Ich weiß nicht. Mir ist so schwindelig und ich dachte kurz ich werde ohnmächtig!" sagte ich.

Ich hatte auf einmal Angst. Was war denn bloß mit mir los?

„Vielleicht der Kreislauf? Der Wein und die Wärme waren wohl zu viel?" fragte Eva.

Dann zog sie mich an der Hand nach oben.

Langsam ließ der Schwindel nach.

„Lass uns umdrehen", sagte sie. „Und am Montag gehst Du bitte direkt zum Arzt. Du musst das abklären lassen!"

Ich nickte ergeben. Aber ich wusste, dass sie Recht hatte.

Am Abend, als ich wieder zuhause war und Alex anrief, erzählte ich ihm nichts davon. Ich wollte ihn nicht aufregen.

Er erzählte von den ersten Drehtagen und das die Zusammenarbeit mit dem Regisseur sehr gut laufen würde.

Als wir uns verabschiedeten sagte Alex: „Wenn Du wüsstest, wie sehr Du mir fehlst.

Ich hoffe, dass wir bald eine kurze Drehpause haben. Dann komme ich sofort zu Dir!"

„Ich vermisse Dich auch unendlich!" antwortete ich.

Am Sonntag hatte Tina frei. Ich war an der Rezeption und bearbeitete Unterlagen. Eine Familie mit zwei Kindern wollte nach dem Frühstück auschecken. Ich half ihnen mit dem Gepäck, als mir wieder schwindelig wurde. Ich wollte zurück ins Haus gehen, aber ich schaffte es nicht. Ich fiel der Länge nach auf den Boden und dann wurde ich ohnmächtig.

Als ich die Augen aufmachte, wusste ich nicht wo ich war. Ich schaute mich irritiert um. Erst nach einer Weile wurde mir klar, dass ich mich im Krankenhaus befand.

Ich schloss wieder die Augen. Ich war unheimlich müde.

Nach einer Weile öffnete sich die Tür.

Es war Tina.

Sie kam leise an mein Bett und setzte sich auf einen Stuhl. Dann streichelte sie meine Hand.

„Wie geht es Dir? Wir machen uns solche Sorgen!"

„Ich kann mich nur noch daran erinnern, dass mir auf dem Parkplatz schwarz vor Augen wurde", flüsterte ich.

Selbst das Sprechen viel mir schwer.

„Die Gäste haben den Notarzt gerufen. Michael hat mich sofort informiert. Ich bin dann direkt hierher gefahren!" sagte Tina.

Die Tür öffnete sich erneut und ein Mann im weißen Kittel trat an mein Bett.

Er lächelte und stellte sich als Dr. Stahl vor.

„Geht es Ihnen besser Frau Brunner?" fragte er.

„Ich bin ständig müde. Außerdem habe ich schon seit einiger Zeit starke Kopfschmerzen."

„Sie müssen erstmal hier bleiben. Morgen machen wir weitere Untersuchungen.

Heute nehme ich Ihnen schon mal Blut ab. Die Ergebnisse haben wir dann auch morgen früh."

Ich schaute ängstlich.

„Machen Sie sich keine Sorgen. Sie sind hier in guten Händen."

Dr. Stahl ging zu einem Regal und nahm Dinge zur Blutabnahme heraus. Dann setzte er sich zu mir ans Bett und legte mir den Stauschlauch um den Arm. Tina schaute zur Seite. Sie konnte schon früher kein Blut sehen.

Dr. Stahl klebte mir ein Pflaster auf den Arm und verabschiedete sich.

„Ich sehe heute Abend noch einmal nach Ihnen. Wenn Sie etwas brauchen, dann klingeln Sie nach der Schwester."

„Danke Herr Doktor!" sagte ich und schaute zu Tina.

Sie gab mir einen Kuss auf die Wange und flüsterte: „Es wird alles wieder gut. Erhol Dich erstmal und schlaf noch ein bisschen. Ich komme morgen wieder."

Ich nickte müde und war gleich darauf wieder eingeschlafen.

Am Abend brachte mir die Krankenschwester etwas zu essen. Ich hatte aber keinen Hunger. Ich bat sie nur, mir zu helfen auf die Toilette zu gehen. Ich hatte keine Kraft.

„Essen sie wenigstens eine Kleinigkeit!" sagte die Krankenschwester und lächelte mir aufmunternd zu.

„Ich nickte und antwortete: „Ich werde es versuchen."

Ich nahm die Banane, die auf dem Tablett lag. Nachdem ich die Hälfte gegessen hatte, legte ich sie zurück. Ich hatte einfach keinen Appetit.

Ich bekam auch nicht mehr mit, wie die Krankenschwester das Tablett abholte. Ich war schon wieder eingeschlafen.

Am nächsten Morgen wurde ich schon früh von einer anderen Krankenschwester geweckt.

„Guten Morgen Frau Brunner. Ich bin Schwester Heidi. Ich bringe sie gleich in die Radiologie."

Die kleine rundliche Krankenschwester lächelte mir freundlich zu.

„Was wird denn gemacht?" fragte ich.

„Soviel ich weiß, wird ein Röntgenbild von der Lunge gemacht und sie bekommen eine Computertomografie vom Kopf", antwortete Schwester Heidi.

„Wie geht es Ihnen denn heute?" fragte sie und holte ein Blutdruckmessgerät.

„Ganz gut. Aber ich bin immer müde."

Ich schob den Ärmel von meinem Nachthemd hoch und die Krankenschwester legte mir eine Manschette um den Arm. Dann legte sie ein Stethoskop in meine Armbeuge.

Nach zwei Minuten sagte sie: „Der Blutdruck ist etwas niedrig. Aber davon kommt die Müdigkeit nicht. Ich hole Ihnen jetzt ihr Frühstück und danach bringe ich sie zu den Untersuchungen."

Ich schaffte es, ein Stück Brot zu essen. Dann schob ich den Tisch mit dem Tablett zur Seite.

Kurze Zeit später kam Schwester Heidi zurück. Sie half mir aufzustehen, weil mir wieder schwindelig wurde. Wir gingen langsam über den Flur zum Fahrstuhl. Im zweiten Stock stiegen wir aus. Die Krankenschwester meldete mich in der Radiologie an. Danach verabschiedete sie sich und ging zurück auf die Station.

Eine andere Krankenschwester brachte mich in den Röntgenraum. Hier machte man eine Aufnahme der Lunge. Anschließend wurde ich in einen anderen Raum gebracht.

Hier musste ich mich auf eine Liege legen und wurde dann in eine Art Röhre geschoben. Ich bekam Angst, weil es darin ziemlich eng war.

Die Krankenschwester sagte ein paar beruhigende Worte und ich versuchte mich abzulenken. Die Untersuchung dauerte etwa zwanzig Minuten.

Nachdem man mich wieder zurück auf die Station gebracht hatte, war ich völlig ausgelaugt. Ich legte mich ins Bett und hoffte, dass der Schwindel endlich nachlassen würde.

Am Nachmittag kam Tina wieder vorbei. Sie hatte mir Obst und ein paar Süßigkeiten mitgebracht.

„Julia, du bist so furchtbar blass!" sagte sie, nachdem sie mich umarmt hatte. Weißt Du schon etwas Neues?"

Ich schüttelte den Kopf.

„Dr. Stahl wird gleich zur Visite kommen. Dann sind die ersten Ergebnisse da."

„Ich habe Dir Dein Handy mitgebracht. Es lag immer noch an der Rezeption."

Tina legte das Gerät auf meinen Nachttisch.

„Willst Du nicht nachschauen, ob Alex angerufen hat?" fragte sie.

Ich nahm das Handy und kontrollierte die Anrufliste.

Natürlich hatte Alex mehrfach versucht mich zu erreichen. Er hatte mir auch eine Textnachricht geschrieben.

Julia, was ist los. Wo bist Du? Ich mache mir Sorgen. Bitte melde Dich!!

Ich schrieb zurück, dass alles in Ordnung sei und dass ich ihm später anrufen würde.

Tina und ich unterhielten uns gerade ein paar Minuten, als Dr. Stahl ins Zimmer kam.

Er hatte eine Mappe mit Unterlagen dabei.

Er zog einen Stuhl an mein Bett und fragte:

„Können wir offen reden?"

Ich bekam Angst. Das hörte sich ernst an.

„Ich habe vor meiner Schwester keine Geheimnisse", antwortete ich.

„Frau Brunner, ich habe die Ergebnisse der Untersuchungen dabei. Die Computertomografie zeigt einen auffälligen Befund", sagte er und machte eine Pause.

„Was habe ich denn?" fragte ich mit zittriger Stimme.

„Wir haben einen Hirntumor diagnostiziert. Er drückt auf ein Zentrum, das bei Ihnen den Schwindel und die Kopfschmerzen auslöst."

„Oh mein Gott!" hörte ich Tina sagen. „Ist er bösartig?"

Dr. Stahl zuckte die Schultern.

Ich hörte wie durch Watte, das er antwortete: „Das können wir noch nicht mit Bestimmtheit sagen. Wir müssen ihn entfernen und dann in der Pathologie untersuchen lassen."

Tina weinte leise. Sie streichelte meine Hand. Ich hatte zwar verstanden, was der Arzt gesagt hatte. Aber ich konnte es nicht begreifen.

Ich war doch erst Mitte zwanzig. Ich kann doch keinen Hirntumor haben. Das war sicher ein Irrtum.

„Ist das wirklich sicher? Ist das wirklich mein Befund?" flüsterte ich.

Dr. Stahl sah mich an.

„Es gibt keinen Zweifel. Wir müssen operieren. Und zwar so schnell wie möglich."

Er stand auf und ging zur Tür.

„Ich lasse sie jetzt allein. Überlegen sie gemeinsam, wie wir fortfahren. Aber aus der Erfahrung ist es am besten, wenn sie die Operation nicht zu lange vor sich herschieben."

Dann schloss er leise die Tür.

Tina nahm mich in den Arm und wir weinten beide.

Nach einer Weile fragte Tina: „Was willst Du jetzt machen? Ich denke, dass der Arzt Recht hat. Die Operation sollte wirklich bald durchgeführt werden. Dir geht es doch wirklich schlecht!"

Ich konnte keinen klaren Gedanken fassen. Die Vorstellung, dass man in meinem Kopf mit Geräten arbeitet, machte mir große Angst.

Würde ich es überhaupt überleben? Und was, wenn der Tumor bösartig ist?

Ich konnte mit Mühe eine Panik unterdrücken.

Schwester Heidi kam ins Zimmer. Sie hatte eine Schachtel mit Medikamenten dabei.

„Das ist etwas gegen die Kopfschmerzen. Und diese Tablette ist zur Beruhigung. Dr. Stahl ist der Meinung, dass sie es sich etwas leichter machen sollten."

Sie lächelte mich an und streichelte über meine Schulter.

„Wenn Sie etwas brauchen, dann klingeln Sie bitte. Ich komme dann sofort."

Tina reichte mir ein Glas Wasser und ich nahm die Tabletten. Nach kurzer Zeit wurde ich ruhiger. Die Wirkung der Beruhigungstablette setzte schnell ein. Kurz darauf schlief ich wieder ein.

Als ich eine Stunde später wieder erwachte, war Tina immer noch da. Sie stand am Fenster und schaute hinaus. Als ich sie ansprach, zuckte sie zusammen. Sie hatte gerötete Augen vom Weinen.

„Ich werde mich operieren lassen. Am besten so schnell wie möglich. Ich will dieses Ding aus meinem Kopf bekommen!" sagte ich leise.

Tina kam an mein Bett. Sie küsste mich auf die Wange.

„Das ist eine gute Entscheidung!" antwortet sie.

Sie überlegte eine Weile dann fragte sie: „Was machst Du mit Alex? Willst Du es ihm sagen?"

„Nein! Er soll es auf gar keinen Fall erfahren! Ich will nicht, dass er mich so sieht!" sagte ich.

„Aber warum denn nicht? Er liebt Dich doch und es wäre doch auch für Dich eine Hilfe, wenn er Dir beisteht!"

Ich schüttelte energisch den Kopf.

„Sag ihm bitte nichts! Du musst es mir versprechen. Auch unseren Eltern nicht. Ich möchte nicht, dass Papa sich aufregt, sonst bekommt er gleich den nächsten Schlaganfall!“

Tina schaute mich ratlos an.

„Okay, ich verspreche es!“ antwortete sie. „Darf ich es wenigstens Eva sagen? Sie macht sich auch große Sorgen. Sie hat schon ein paarmal angerufen!“

Ich nickte.

„Natürlich kannst Du es Eva sagen. Aber besuchen soll sie mich erstmal nicht“, flüsterte ich.

„Kann ich Dich alleine lassen?“ fragte Tina. „Ich muss zurück in die Pension.“

„Ja, geh nur. Ich möchte auch noch in Ruhe über alles nachdenken.“

Tina beugte sich über mich und küsste mich auf die Wange.

„Ich hab Dich lieb!“ sagte sie.

„Ich Dich auch!" antwortete ich.

Als Tina das Zimmer verlassen hatte nahm ich mein Handy. Ich hatte die schwerste Entscheidung meines Lebens gefällt.

Ich schrieb Alex eine Nachricht. Ich konnte nicht mit ihm sprechen. Das wäre für mich zu schwer gewesen.

Also tippte ich die Worte:

Lieber Alex, es tut mir leid, aber mir ist bewusst geworden, dass es mit uns nicht gut gehen würde. Wir sind zu verschieden. Ich habe es mir nicht leicht gemacht, aber lass mich los. Ich wünsche Dir alles Glück der Erde. Julia

Ich überlegte einen Augenblick und dann drückte ich unter Tränen die Taste *Senden*. Dann schaltete ich das Handy aus.

Ich redete mir immer wieder ein, dass es so das Beste sei. Ich wollte nicht, dass Alex nur aus Mitleid bei mir bleiben würde.

Es war ein wunderschöner Traum, der wie eine Seifenblase zerplatzt war.

Die nächsten Tage waren gefüllt mit verschiedenen Untersuchungen, die für die Operation notwendig waren. Ich hatte auch noch ein Aufklärungsgespräch mit dem Chirurgen.

Ich versuchte mich abzulenken und schlief viel. Das Beruhigungsmittel zeigte seine Wirkung.

Eva ließ mir ausrichten, dass sie immer an mich denkt. Auch unsere Angestellten wussten Bescheid und ließen mich grüßen.

Ich hatte mich zu der Operation entschlossen, aber Angst hatte ich vor dem Ergebnis. Wenn er Tumor bösartig war, dann gingen die Behandlungen erst richtig los.

Ein Gespräch mit einem Psychologen half mir auch nicht wirklich. Immer wieder stellte sich Panik bei mir ein.

Am Vortag der Operation kam Tina nochmal am Abend vorbei.

„Julia, ich weiß, Du willst nicht darüber sprechen, aber Alex hat mich angerufen und wollte wissen, warum Du Schluss mit ihm gemacht hast. Ich wusste gar nicht, dass Du ihm geschrieben hast!" sagte sie.

„Was hast Du gesagt?" wollte ich wissen.

„Ich habe gelogen. Das passt mir gar nicht. Ich habe gesagt, dass Du Abstand brauchst und zurzeit ein paar Tage Urlaub machst. Etwas Besseres ist mir so schnell nicht eingefallen."

„Ich weiß, dass ich viel von Dir verlange. Aber ich will Alex vergessen. Er soll sich nicht verpflichtet fühlen und ich will kein Mitleid!"

„Er versteht es nicht und er tut mir leid!" antwortete Tina. „Aber Du tust mir auch so furchtbar leid."

Tina liefen wieder Tränen über das Gesicht.

Dann setzte sie sich neben mich auf die Bettkante. Sie nahm mich in den Arm.

„Es wird schon alles gut gehen! Alle drücken Dir die Daumen und denken an Dich!"

„Ich will einfach, dass ich endlich dieses Ding in meinem Kopf loswerde und ich habe Angst!" antwortete ich.

Tina streichelte mich und wiegte mich im Arm.

„Du bist stark und ich glaube fest daran, dass der Tumor gutartig ist!"

„Ich hoffe, Du hast Recht!" antwortete ich.

In der Nacht schlief ich kaum. Immer wieder wurde ich wach und ich musste an die Operation denken.

Um sieben Uhr morgens wurde ich dann bereits abgeholt und in den Operationssaal gebracht. Der Anästhesist bereitete mich vor und machte mir Mut.

„Sie brauchen keine Angst zu haben. Für uns ist es schon fast eine Routineoperation", sagte er.

Ich versuchte ihm zu glauben, aber meine Aufregung stieg von Minute zu Minute.

Kurz bevor ich in Narkose gelegt wurde, musste ich noch einmal ganz intensiv an Alex denken, dann wurde alles schwarz um mich herum.

Das Licht tat meinen Augen weh. Ich versuchte die Augen zu öffnen. Aber es ging nicht.

War die Operation schon vorbei? Ich hatte überhaupt kein Zeitgefühl.

„Frau Brunner?" flüsterte eine Stimme.

Ich wollte antworten, es kam aber nur ein Stöhnen über meine Lippen.

„Ich bin Dr. Werner. Sie haben die Operation gut überstanden und sind jetzt auf der Intensivstation. Es tut mir leid Sie zu wecken, aber ich muss Ihre Reflexe kontrollieren."

Ich spürte wie er meine Füße und Hände berührte und dann mit einer Taschenlampe in meine Augen leuchtete.

Ich wollte die Augen wieder schließen. Das grelle Licht war unangenehm.

„Das war schon alles!" sagte der Arzt. „Schlafen Sie weiter."

Als ich das nächste Mal wach wurde, hatte ich das Gefühl, dass ich nicht mehr so benommen war.

Ich öffnete die Augen und konnte sie offen lassen. Ich sah mich im Raum um. Überall standen Geräte die monotone Geräusche machten. Ich versuchte an meinen Kopf zu fassen. Ich konnte fühlen, dass ich einen Verband hatte. Also war ich tatsächlich schon operiert worden.

„Willkommen auf der Intensivstation!" sagte eine Krankenschwester, die an mein Bett getreten war. „Schön, dass Sie wieder wach sind. Ich bin Schwester Kerstin."

„Hallo!" hauchte ich. „Hab ich alles überstanden?"

Schwester Kerstin lächelte.

„Ja, es ist alles gut verlaufen. Ich warte darauf, dass der Chirurg noch einmal nach Ihnen schaut."

Mir fiel erstmal ein großer Stein vom Herzen. Die Operation hatte ich schon mal überstanden.

„Ich habe großen Durst. Darf ich etwas trinken?" fragte ich.

„Natürlich, ich hole Ihnen etwas."

Die Krankenschwester verließ das Zimmer und kam fünf Minuten später mit einem Becher Wasser zurück."

Ich wollte danach greifen, konnte es aber nicht. Ich hatte kein Gefühl in der Hand.

Schwester Kerstin schaute erschrocken.

„Geht es mit der anderen Hand?" fragte sie.

Ich versuchte den Becher zu nehmen und es ging ohne Probleme. Ich gab der Krankenschwester den Becher zurück.

In diesem Moment erschien der Chirurg im Raum. Er trat an mein Bett und fragte:

„ Wie geht es Frau Brunner. Haben Sie Schmerzen oder andere Probleme?"

„Eigentlich fühle ich mich gut. Nur mein rechter Arm ist wie taub. Ich habe keine Kraft."

Schwester Kerstin nickte.

„Das ist mir eben auch aufgefallen. Frau Brunner konnte den Becher nicht halten."

Der Arzt schaute ernst.

„Greifen Sie mal meine Hand!" sagte er.

Ich wollte seine Hand ergreifen, konnte aber nicht zudrücken. Es fühlte sich an wie eine Lähmung.

„Die Operation ist gut verlaufen. Wir konnten den Tumor komplett entfernen. Es ist aber immer noch eine Schwellung da. Vielleicht drückt diese auf ein Zentrum, das die Lähmung auslöst", sagte der Arzt.

„Können Sie schon sagen, ob der Tumor bösartig ist!" fragte ich ängstlich.

„Leider nein. Das wird in der Pathologie untersucht. Da bekommen wir frühesten übermorgen ein Ergebnis.

Sie bleiben erstmal bis morgen hier auf der Intensivstation, dann sehen wir weiter. Erstmal bin ich sehr zufrieden mit dem Verlauf!"

Der Arzt lächelte mir aufmunternd zu und verließ den Raum.

„Ihre Schwester hat vorhin angerufen. Ich habe sie schon informiert, dass es Ihnen gut geht. Leider darf sie Sie hier nicht besuchen. Ich soll Ihnen aber ausrichten, dass alle für Sie gebetet haben", sagte Schwester Kerstin.

„Vielen Dank. Ich bin auch erstmal erleichtert, dass ich die Operation überstanden habe", antwortete ich.

„Wenn Sie etwas brauchen, melden Sie sich."

Schwester Kerstin ging ins Nebenzimmer, um sich um einen anderen Patienten zu kümmern.

In der Nacht schlief ich gut. Am nächsten Morgen fühlte ich mich das erste Mal besser. Ich hatte keine Kopfschmerzen mehr und der Schwindel war auch fast weg.

Eine Krankenschwester schaute nach meiner Kopfwunde und erneuerte den Verband.

„Es sieht alles gut aus", sagte sie. „Der Arzt kommt auch gleich zu Ihnen. Sie werden wahrscheinlich heute auf die Normalstation verlegt."

Das war ein gutes Zeichen. Ich lächelte ihr zu und versuchte meine rechte Hand zur Faust zu ballen. Es gelang mir immer noch nicht.

Ich hatte überhaupt keine Kraft.

Nach einer gefühlten Ewigkeit kam der Arzt endlich zur Visite. Er teilte mir mit, dass ich wieder auf die Station verlegt wurde, auf der ich vorher gelegen hatte. Mein Zustand war stabil. Um die Lähmung meiner Hand sollte sich ein Physiotherapeut kümmern.

„Es ist bestimmt nur vorübergehend!" sagte der Arzt. „Aber wir müssen es im Auge behalten. Morgen teilt Ihnen dann der Stationsarzt mit, wie es weitergeht. Dann liegt auch das Ergebnis der Pathologie vor."

Am späten Nachmittag wurde ich dann von Schwester Heidi abgeholt. Sie brachte mich auf mein Zimmer und half mir beim Aufstehen. Ich durfte ein paar Schritte laufen, damit sich mein Kreislauf stabilisierte.

Ich hatte vergessen, dass ich mich nicht mit der rechten Hand abstützen konnte und wäre beinahe gestürzt.

„Später kommt der Physiotherapeut und schaut nach Ihnen. Er wird ein paar Übungen mit Ihnen machen. Machen Sie sich keine Sorgen, dass mit der Hand wird sicher bald besser gehen."

Ich hatte ungefähr eine Stunde geschlafen, als Jemand an mein Bett trat.

„Frau Brunner? Ich bin Jörn Steiger, der Physiotherapeut", flüsterte der junge Mann.

Er war äußerst attraktiv und ich wurde etwas verlegen.

„Ja, ich bin Julia Brunner", antwortete ich.

„Ich habe gehört, dass Sie nach der Operation kein Gefühl in der rechten Hand haben. Ich würde mir das gerne mal anschauen."

Er nahm meine Hand, die schlaff auf der Bettdecke lag und drückte sie.

„Spüren Sie den Druck?" fragte er.

Ich schüttelte den Kopf.

„Fühlen Sie gar nichts?"

„Nein. Es ist alles wie taub", sagte ich wahrheitsgemäß.

„Dann machen wir jetzt ein paar Übungen um die Muskulatur und die Nervenenden zu aktivieren. Das müssen wir jetzt täglich machen."

Er lächelte.

„Wann bekommen Sie das Ergebnis, welche Art von Tumor sie hatten?“

„Ich hoffe morgen. Ich habe aber Angst davor“, sagte ich leise.

„Das glaube ich Ihnen. Bleiben Sie zuversichtlich.“

Er nahm jetzt meine linke Hand und verabschiedete sich.

„Wir sehen uns morgen.“

Kurze Zeit später steckte Schwester Heidi den Kopf durch die Tür.

„Möchten Sie Ihr Abendessen?“ fragte sie.

Ich nickte und war froh, dass ich endlich wieder Hunger verspürte.

Als die Krankenschwester später das Tablett abräumte, grinste sie und zwinkerte mir zu.

„Ich freue mich, dass Sie wieder Appetit haben. Ich schaue später noch einmal nach Ihnen.“

Es war beschwerlich alles nur mit der linken Hand machen zu können. Selbst telefonieren ging nicht richtig.

Kurz bevor die Besuchszeit zu Ende war, kam Tina nochmal in mein Zimmer.

„Na Du armer Schatz!" sagte sie und deutete auf meinen Verband.

„Wie geht es Dir? Hast Du noch Schmerzen?"

Ich erzählte ihr, dass es mir erstaunlich gut ging und dass ich meine rechte Hand nicht spüren würde.

„Der Arzt meint, das kommt durch die Schwellung nach der Operation. Ab morgen bekomme ich Physiotherapie."

Tina nickte.

„Ich habe übrigens unseren Eltern erzählt was mit Dir los ist. Jetzt wo Du alles gut überstanden hast, sollten sie es wissen. Sie bestellen Dir viele Grüße und gute Besserung und denken jeden Tag an Dich."

„Danke Tina. Du bist ein Engel. Wie geht es Dir eigentlich? Schaffst Du denn alles?" fragte ich mit schlechtem Gewissen.

„Mach Dir keine Sorgen um mich. Mir geht es wunderbar!"

Tina lächelte glücklich.

Ich schaute sie fragend an.

„Ich wollte es noch keinem sagen, aber Du sollst es wissen. Ich bin schwanger. Phillip und ich werden Eltern. Und Du wirst Tante!"

„Herzlichen Glückwunsch. Ich freue mich so für Euch. Hoffentlich passt Dir Dein Brautkleid dann im Juli noch!" antwortete ich.

„Ich bin ja erst im zweiten Monat." Tina lachte und machte dann wieder ein ernstes Gesicht.

„Hauptsache Du bist bis zur Hochzeit wieder gesund!" sagte sie.

„Wie es weiter geht, wird sich morgen entscheiden. Wenn der Tumor bösartig ist, geht es erst richtig los mit den Behandlungen."

„Das wird nicht der Fall sein. Denk positiv. Es wird alles gut!" antwortete Tina.

Ich nickte und hoffte inständig, dass sie Recht hatte.

Am nächsten Morgen erwachte ich schon mit Herzklopfen. Ich hatte furchtbare Angst vor dem Ergebnis der pathologischen Untersuchung.

Als der Stationsarzt kurz vor Mittag ins Zimmer kam, musste ich vor Aufregung weinen.

„Hallo Frau Brunner!" sagte er freundlich. „Kein Grund für Tränen. Wir haben das Ergebnis der Tumoranalyse. Es handelt sich um ein gutartiges Meningeom. Sie brauchen keine weitere Therapie.

Nur in den nächsten drei Jahren müssen Sie zu regelmäßigen Kontrollen kommen."

Jetzt schluchzte ich laut vor Erleichterung. Ich konnte mich gar nicht beruhigen.

„Lassen Sie es raus. Ich kann mir vorstellen, was Sie in den letzten Tagen durchgemacht haben. Aber Sie haben Glück. Jetzt müssen wir es nur noch schaffen, dass ihre rechte Hand wieder funktioniert."

Der Arzt klopfte mir auf die Schulter.

„Danke Herr Doktor!" flüsterte ich.

Er lächelte und verabschiedete sich.

Ich bat die Krankenschwester, die heute Dienst hatte, mir mein Handy zu geben und die Nummer von Tina zu wählen. Ich konnte es nicht erwarten ihr die gute Nachricht mitzuteilen.

Tina jubelte so laut, dass ich das Handy vom Ohr weghalten musste. Dann weinten wir Beide vor Glück.

„Ich erzählte es gleich unseren Eltern und den anderen. Eva war auch schon die ganze Zeit so nervös. Ich freue mich so Julia."

„Und ich erst!" sagte ich.

Tina versprach, mich gegen Abend wieder zu besuchen.

Als ich aufgelegt hatte, sah ich erst, wie oft Alex versucht hatte mich in den letzten Tagen anzurufen. Da ich das Handy die ganze Zeit abgeschaltet hatte, wusste ich nichts davon.

Mit der linken Hand versuchte ich eine Textnachricht zu öffnen. Alex hatte geschrieben:

Julia, was ist bloß los mit Dir. Warum gehst Du nicht ans Telefon? Ich kann nicht glauben, dass Du uns einfach so aufgibst!

Ich hatte auf einmal so große Sehnsucht nach Alex, dass es schon wehtat. Aber er sollte mich nicht so sehen. Was, wenn ich meine rechte Hand nie wieder benutzen konnte? Ich wäre dann immer auf Hilfe angewiesen. Es war in den letzten Wochen so viel passiert, dass ich mich erst einmal auf mich selbst besinnen musste.

Ich schaltete das Handy wieder aus und legte es in die Schublade des Nachtschränkchens.

In der darauffolgenden Wochen wurden die Fäden der Kopfwunde gezogen und ich bekam nochmal eine Computertomografie zur Kontrolle. Da alles in Ordnung war, konnte ich aus dem Krankenhaus entlassen werden.

Nach Hause durfte ich aber nicht. Ich musste in eine Rehaklinik, damit man etwas für meine immer noch gelähmte rechte Hand tun konnte.

Tina holte mich ab und half mir beim Anziehen. Sie packte meine Sachen und brachte mich in eine Klinik im Allgäu. Dort sollte man sich intensiv um mich kümmern.

Als ich mich von ihr verabschiedete, sagte Tina:

„Wenn ich Dich abhole, will ich, dass Du mir zur Begrüßung die rechte Hand gibst! Du schaffst das!"

Ich nickte und drückte Tina fest.

„Danke für alles!" sagte ich.

Tina gab mir einen Kuss auf die Wange, dann fuhr sie wieder nach Hause zu Phillip.

Ich hatte ein schönes, helles Zimmer mit Balkon. Am Nachmittag kam eine Dame der Klinikleitung und erläuterte mir, was auf mich zukommen würde.

Ich hatte jeden Tag verschiedene Anwendungen und auch psychologische Betreuung, um alles zu verarbeiten.

In der ersten Woche merkte ich keine Besserung, aber so nach und nach bekam ich wieder etwas Gefühl in die rechte Hand. Mir fiel ein unendlich großer Stein vom Herzen.

Eva besuchte mich in meiner zweiten Woche in der Klinik. Sie brachte mir einen Blumenstrauß und einen selbstgebackenen Kuchen mit.

Wir saßen im Garten in der Sonne, als Eva plötzlich fragte:

„Hast Du eigentlich mal was von Alex gehört?"

„Er hat immer wieder versucht mich zu erreichen, nachdem ich ihm geschrieben habe, dass es mit uns keine Zukunft hat."

„Warum hast Du denn den Kontakt einfach abgebrochen?"

Ich zögerte kurz, dann antwortete ich:

„Ich wollte nicht, dass Alex sich mir gegenüber verpflichtet fühlt. Ich wusste ja nicht, ob der Tumor bösartig ist und ich jemals wieder ganz gesund werden würde."

Eva nickte verständnisvoll.

„Aber jetzt weißt Du doch, dass alles gut gegangen ist. Warum meldest Du Dich nicht jetzt bei ihm?"

Ich zuckte mir den Schultern.

„Vielleicht sollte ich es tun. Es gibt Momente, da vermisse ich ihn unendlich. Vor allem jetzt, wo ich so langsam wieder zu mir komme."

„Mach das, Julia. Du liebst ihn doch. Und Alex Dich auch."

Eva ließ nicht locker.

„Ich denke darüber nach, versprochen!" sagte ich.

Nach dem Abendessen ging ich in den Aufenthaltsraum, um mir etwas zu lesen zu holen. Hier gab es Bücher, die die Patienten dort liegen gelassen hatten und die neuesten Illustrierten.

Ich nahm mir eine Zeitschrift und blätterte darin herum.

Auf einmal klopfte mein Herz bis zum Hals und mir wurde schlecht.

Es gab einen Bericht mit Fotos von Alex und einer Frau. Im Text stand:

Gibt es schon wieder eine neue Frau im Leben von Alexander Thomas? Erst vor wenigen Wochen stellte er uns seine Freundin Julia Brunner in einer Talkshow vor. Jetzt wurde er in Moskau mit einer attraktiven Blondine gesehen.

Daneben waren zwei Fotos von Alex und einer Frau. Sie waren sehr vertraut miteinander und Alex lächelte glücklich.

Ich legte die Illustrierte mit zittrigen Fingern wieder zurück.

Alex hatte sich schnell wieder getröstet. Es war die richtige Entscheidung sich von ihm zu trennen. Eins musste ich ihm lassen. Er war ein genialer Schauspieler. Ich hatte ihm geglaubt, als er sagte, dass er mich liebt.

Ich ging in mein Zimmer und warf mich auf das Bett. Ich war so enttäuscht und gleichzeitig wütend.

In der Nacht schlief ich kaum. Immer wieder musste ich daran denken, dass Alex jetzt vielleicht mit dieser Frau zusammen war.

Die nächsten Tage versuchte ich mich abzulenken. Ich machte jeden Kurs mit, den ich bekommen konnte. Mir ging es körperlich immer besser, aber seelisch war ich am Boden zerstört.

Mein Aufenthalt in der Klinik näherte sich dem Ende. Ich konnte es kaum erwarten, wieder nach Hause zu kommen. Bis zu Tinas und Phillips Hochzeit waren es nur noch drei Wochen.

Es gab noch einiges zu regeln und ich freute mich darauf.

Tina holte mich wie versprochen ab und ich zeigte ihr, wie gut ich wieder meine rechte Hand benutzen konnte.

„Ich bin so froh, dass Du wieder nach Hause darfst. Ich habe Dich sehr vermisst", sagte Tina.

„Es kommt mir vor wie eine Ewigkeit, dass ich das letzte Mal zu Hause war. Wie geht es Dir? Was macht die Schwangerschaft?"

„Mir ist morgens ziemlich übel. Ansonsten fühle ich mich gut. Ich bin allerdings schon sehr aufgeregt wegen der Hochzeit."

Ich drücke Tina ganz fest.

„Jetzt bin ich ja wieder da. Ich freue mich, Dir helfen zu können!"

Als ich die Tür zu meiner Wohnung aufschloss, kam mir alles ganz unwirklich vor.

Waren wirklich erst ein paar Wochen seit meinem Zusammenbruch vergangen?

Tina hatte mir Blumen hingestellt und über der Tür war ein Plakat mit der Aufschrift: Herzlich Willkommen zuhause!

Ich stellte meinen Koffer in die Ecke und öffnete die Tür zum Balkon.

Ich schaute in die Berge und mir kamen die Tränen. Ich dachte daran, dass ich eine Zeit lang geglaubt hatte, ich könnte vielleicht sterben. Das Schicksal hatte er aber gut mit mir gemeint.

Ich war froh, dass ich wieder arbeiten konnte. Es machte mir Freude, Tina endlich unterstützen zu können. Sie hatte jetzt doch ziemlich mit Übelkeit zu tun und wurde schnell müde.

Sabine und Martina, die beiden Frauen die wir eingestellt hatten, waren uns wirklich eine große Hilfe. Das Haus war ausgebucht. Ein paar Gäste fragten mich noch nach Alex, aber es wurden weniger.

Eva kam oft vorbei. Wie saßen stundenlang zusammen. Ich hatte ihr erzählt, was ich über Alex in dieser Illustrierten gelesen hatte. Sie zeigte sich auch enttäuscht.

„Na ja, Du hast das Ganze ja beendet, aber ich bin erstaunt wie schnell er wieder jemand anderes gefunden hat", sagte sie, als wir eines Abends zusammen kochten.

Das war genau das, was ich auch fühlte.

Am nächsten Tag musste Tina zu Frauenarzt und ich war allein an der Rezeption. Ich versuchte nebenbei noch ein paar Dinge für die Hochzeit zu organisieren. In zwei Wochen war es soweit.

Franz kam kurz an die Rezeption und wir besprachen noch einmal den Ablauf für das Menü. Es sollte ein paar Häppchen und Sekt zur Begrüßung geben. Es hatten fast alle Gäste zugesagt.

„Weißt Du schon das Neueste?" fragte Franz und lächelte.

„Was gibt es denn?" wollte ich wissen.

„Die Sabine und ich sind jetzt zusammen. Ich hätte nicht gedacht, dass mich nochmal jemand will!"

Ich schaute erstaunt.

„Ich freue mich für Euch. Dann war es ja die richtige Entscheidung sie zu Dir in die Küche zu schicken."

Franz nickte zustimmend.

„Ich wollte nur, dass Ihr es wisst und nichts dagegen habt."

„Warum sollten wir? Solange Du nicht das Essen versalzt", antwortete ich.

Franz lachte.

„Ich geh dann mal wieder in die Küche!" sagte er und ging pfeifend in Richtung Gaststube.

Ich kontrollierte die Reservierungen. In der Zwischenzeit war eine Anfrage für das Appartement eingegangen. Eine Familie wollte es für zwei Wochen buchen.

Ich musste an Alex denken. Es tat immer noch sehr weh.

Tina kam durch die Eingangstür und strahlte.

„Ist alles in Ordnung mit dem Baby?" fragte ich.

„Ich konnte heute beim Ultraschall alles genau sehen. Die Finger und wie es sich bewegt hat. Ich bin so glücklich."

„Ich freue mich schon darauf Tante zu werden. Ich werde das Kind gnadenlos verwöhnen!" antwortete ich.

Tina lachte, dann fragte sie:

„Sag mal, hat Dich die Frau, die irgendein wichtiges Dokument für Dich hatte, eigentlich erreicht?"

Ich schaute ratlos.

„Welches Dokument?"

„Das wollte Sie mir nicht sagen. Ich habe ihr gesagt, dass Du im Krankenhaus bist.

Sie wollte dann eigentlich diese Woche nochmal kommen."

„Komisch. Ich weiß nicht, was das für ein Dokument sein soll. Sie hat sich auch nicht gemeldet."

Tina zuckte mit den Schultern.

„Vielleicht war es doch nicht so wichtig", antwortete sie. „Ich löse Dich jetzt ab. Ruh Dich etwas aus. Du sollst Dich ja nicht so anstrengen."

Ich entschloss mich, mal wieder zu meinem Lieblingsplatz am See zu laufen. Es war Zeit, hier einfach die Seele baumeln zu lassen.

Es war ziemlich warm, deshalb zog ich nur eine Shorts und Bluse an. Ich schlenderte über die Wiesen und atmete die würzige Luft ein. Wie es wohl Alex jetzt ging? Ob er auch manchmal an mich dachte? Wir waren vor nicht allzu langer Zeit genau diesen Weg gemeinsam gelaufen.

Am See war ich allein, bis auf einen Jogger, der seine Runden drehte.

Ich zog meine Sandaletten aus und ging an einer seichten Stelle mit den Füßen ins Wasser. In diesem Moment wurde mir klar, was für ein großes Glück ich hatte, das ich so schnell wieder gesund geworden bin. Ab und zu tat die Narbe am Kopf noch etwas weh, aber ansonsten ging es mir gut. Ich schaute in den Himmel und dankte meinem Schutzengel.

Nachdem ich zuhause erst einmal unter die Dusche gegangen war, wollte ich mir bei Franz noch etwas zu essen holen.

Das Handy klingelte. Noch immer zuckte ich zusammen, weil ich hoffte, dass Alex sich noch einmal melden würde.

Aber es war der Florist der fragte, wann er den Blumenschmuck für die Hochzeit vorbei bringen soll.

Wir vereinbarten, dass er am Tag vor der Hochzeit die Tische dekorieren sollte. Die Trauung fand schon am Vormittag statt.

Die meisten Gäste würden zum Mittagessen eintreffen.

Wir hatten an dem Wochenende, wo die Hochzeit stattfinden würde, keine Gäste in der Pension. Es gab dann nur die geschlossene Gesellschaft. Lediglich das Appartement war gebucht. Die Gäste wollten sich selbst versorgen.

Tina wurde immer nervöser, je näher der große Tag kam. Phillip versuchte sie abzulenken und zu beruhigen. Ich fuhr mit ihr nochmal zur letzten Anprobe des Hochzeitskleides. Tina sah wunderschön aus. Wir brachten das Kleid heimlich zu ihr nach Hause, damit es Phillip nicht vorher sah.

Am Tag vor der Hochzeit reisten dann unsere Eltern an. Mein Vater sah schlecht aus. Er konnte nach dem Schlaganfall immer noch nicht richtig sprechen, auch wenn es etwas besser geworden war. Meine Mutter unterstütze ihn wo sie nur konnte.

„Hallo meine lieben Töchter!" sagte meine Mutter und drückte erst mich und dann Tina ganz fest.

„Ich bin so froh, euch Beide gesund wieder zu sehen."

Mein Vater drückte meine Hand. Er wollte etwas sagen, schaffte es aber nicht.

„Ist schon gut Papa. Ich habe alles überstanden. Mir geht es gut!"

Mein Vater nickte und ein Lächeln huschte über sein Gesicht.

Am Abend reisten die Gäste für das Appartement an. Tina begrüßte sie und kam dann wieder in den Gastraum.

Sie hatte ganz gerötete Wangen.

„Ist alles okay?" fragte ich.

Sie lächelte.

„Besser könnte es nicht sein!" antwortete sie.

Am frühen Abend kam der Florist. Wir trugen gemeinsam die Blumendekoration in den großen Raum, wo schon die Tische aufgestellt worden waren. Ich hatte schon überall weiße Tischdecken aufgelegt und eingedeckt.

Es sah, nachdem die Blumen verteilt waren, wunderschön und sehr festlich aus.

Ich verteilte den Rest des Blumenschmucks noch im Eingangsbereich und war sehr zufrieden mit mir.

Als ich mich abends auf die Couch setzte, merkte ich doch wie erschöpft ich war. Ich schaute noch einmal aus dem Fenster in Richtung Appartement. Hier war alles ruhig. Ich zog die Vorhänge zu und ging ins Bett.

Am nächsten Morgen stand ich früh auf. Ich kochte mir einen Kaffee und ging dann ins Badezimmer.

Als ich in den Spiegel schaute, musste ich lächeln.

Von der Operation war nichts mehr zu sehen. Die Narbe konnte ich gut mit meinen langen Haaren verdecken. Ich schminkte mich und steckte mir die Haare hoch. Dann zog ich für die Kirche das Kleid an, das ich in München gekauft hatte. Der seidige Stoff schmiegte sich an meinen Körper. Ich dachte daran, was Alex gesagt hatte, als er mich in dem Geschäft damit gesehen hatte.

Ich trank noch eine Tasse Kaffee, dann musste ich auch schon losfahren. Als ich in meinen pinken Wagen stieg, musste ich kurz grinsen. Mein Outfit passte heute wirklich nicht zu dem kleinen Flitzer.

Auf dem Weg zur Kirche wurde ich immer nervöser. Vor dem Portal standen schon viele Gäste. Freunde und Familie hatten sich dort versammelt.

Ich begrüßte einige Gäste, drückte meine Eltern und dann warteten wir auf das Brautpaar.

Ein paar Minuten später fuhr ein Wagen mit Blumenschmuck auf der Motorhaube vor.

Phillip stieg aus. Er sah sehr gut aus. Dann ging er um das Auto herum und öffnete Tina die Tür.

Sie sah so schön in ihrem Brautkleid aus. Mir kamen die Tränen.

Stolz gingen sie und Phillip in Richtung Kirche. Tina lächelte mir glücklich zu.

Die Trauung war sehr ergreifend. Meine Mutter schluchzte kurz neben mir. Ich drückte ihre Hand, musste aber selber die Tränen unterdrücken.

Als wir später vor der Kirche standen, warfen einige Gäste Reis und gratulierten.

Ich fuhr schon zurück zur Pension, weil ich mit Franz die Tabletts mit den Vorspeisen und den Sekt vorbereiten wollte.

Der Gastraum sah wunderschön aus. Nach und nach trafen die Gäste und dann auch das Brautpaar ein. Ich saß neben Eva und Markus. Die Feier war im vollen Gange, als Tina mich zur Seite nahm.

„Könntest Du bitte mal nach den Gästen im Appartement schauen? Da gibt es wohl ein Problem!" sagte sie.

„Ja, natürlich. Ich gehe gleich rüber!"

Ich klopfte an die Tür des Appartements. Es dauerte eine Weile, dann wurde die Tür geöffnet.

Ich wurde blass und konnte meinen Augen nicht glauben.

Vor mir stand Alex!

„Komm bitte rein Julia", sagte er leise.

Ich folgte ihm mit zittrigen Knien in die Wohnung. Und dann sah ich sie, die Frau von den Fotos aus Moskau.

Ich wollte mich gerade umdrehen und fluchtartig das Appartement verlassen, als die Frau sagte:

„Lauf nicht weg Julia. Ich bin Celine, Alex´ Schwester."

Ich stand mit offenem Mund im Wohnzimmer und war wie gelähmt.

„Komm, setz Dich doch mal zu uns. Wir haben Dir einiges zu erklären", bat Celine.

Alex nahm meine Hand und zog mich zur Couch.

Ich setzte mich wie in Trance neben die Beiden.

Alex sah mich besorgt an und sagte dann:

„Julia, wir wissen was passiert ist. Von Deiner Operation und das Du mich deshalb nicht mehr sehen wolltest. Warum hattest Du denn kein Vertrauen zu mir?"

Ich konnte nicht glauben, was ich da hörte.

„Von wem wisst Ihr es denn? Es sollte doch keiner etwas verraten?"

„Es hat auch keiner etwas gesagt. Also habe ich meine Schwester angerufen und sie gebeten etwas heraus zu bekommen."

Alex lächelte.

„Celine war in der Pension und hat behauptet, es gäbe ein wichtiges Dokument für Dich. Daraufhin hat ihr Deine Schwester gesagt, Du wärst im Moment nicht zu erreichen, weil Du im Krankenhaus bist."

Ich schaute immer noch irritiert.

„Dann habe ich Eva angerufen und ihr gesagt, dass ich weiß, dass Du im Krankenhaus bist. Sie hat mir dann alles erzählt."

Celine schaute mich an und sagte: „Es tut mir leid, dass wir Dir nachspioniert haben. Aber Alex war so verzweifelt, weil Du so einfach Schluss gemacht hast. Jetzt kann ich ihn verstehen. Du bist wunderschön."

In mir brachen in diesem Moment alle Dämme.

Mir liefen Tränen über das Gesicht und ich schluchzte hemmungslos.

„Als ich das Foto von Dir und Celine in der Zeitung gesehen habe, dachte ich, Du hast schon wieder eine Andere. Ich war so wütend und verletzt."

„Celine hatte beruflich in Moskau zu tun. Sie ist Dolmetscherin. Wir waren Essen an dem Abend. Sie hat mir dann alles über Dich berichtet."

Celine stand auf und ging in das Nebenzimmer. Sie wollte mich und Alex allein lassen.

Alex nahm mich in den Arm und flüsterte: „Mein armer Schatz! Was musstest Du in letzter Zeit alles mitmachen. Ich wäre doch gern an Deiner Seite gewesen."

„Ich wollte nicht, dass Du mich so siehst. Und ich wusste ja auch nicht, ob ich die Operation überleben würde. Ich war in diesen Wochen so voller Angst.", sagte ich unter Tränen.

Alex streichelte mir über den Kopf.

„Sei bitte noch vorsichtig. Ich bin an der Stelle, wo die Narbe sitzt immer noch sehr empfindlich."

Alex küsste mich zärtlich.

„Sollen wir jetzt gemeinsam zu der Feier rüber gehen?" fragte er. „Es wissen ohnehin alle, dass ich hier bin."

Alex grinste.

„Ich habe wirklich von alledem nichts geahnt!" sagte ich. „Ich mache mich noch etwas frisch, dann können wir gern mit den anderen feiern."

Ich ging ins Badezimmer und frischte mein Makeup auf.

Celine und Alex warteten im Wohnzimmer. Dann hakten sie mich von jeder Seite unter und wir gingen zusammen in die Pension.

Als wir in die Gaststube kamen, schauten alle in unsere Richtung. Tina und Phillip kamen auf uns zu und umarmten uns.

„Ihr seid unser schönstes Hochzeitsgeschenk!" flüsterte Tina mir ins Ohr.

„Ihr habt mich ganz schön reingelegt! Keiner hat etwas verraten. Ich habe eben gedacht, mein Herz bleibt stehen, als ich Alex und Celine gesehen habe."

„Du hättest es uns ja auch nicht erlaubt. Manchmal muss man Dich zu Deinem Glück zwingen."

Phillip nahm Celine an die Hand und stellte ihr ein paar Gäste vor. Alex legte seinen Arm um meine Taille.

„Du siehst genauso schön aus, wie an dem Tag, als ich Dich das erste Mal in diesem Kleid gesehen habe."

Dann setzten wir uns zu den anderen und feierten bis tief in die Nacht.

Zwei Tage später mussten Alex und Celine abreisen. Mir fiel es unheimlich schwer, Alex wieder gehen zu lassen. Er versprach mir, dass er sich regelmäßig melden würde.

„Die Dreharbeiten werden nicht mehr lange dauern. Ab nächsten Monat werden die letzten Szenen in Deutschland gedreht. Ich werde dann in einem Hotel in Berlin wohnen. Dann können wir uns öfter sehen."

„Das wäre schön, ich vermisse Dich jetzt schon!" sagte ich.

„Und ab jetzt gibt es keine Heimlichkeiten mehr. Hab Vertrauen in uns."

Alex nahm mich zum Abschied in den Arm und küsste mich zärtlich.

Am nächsten Abend kam Eva zu mir. Sie hatte eine Flasche Sekt mitgebracht.

Als sie sich auf meine Couch setzte, sagte sie:

„Lass uns auf Dich und Alex trinken. Ich bin so froh, dass ihr wieder zusammen seid. Ich habe ja ein paarmal mit Alex telefoniert. Er war wirklich verzweifelt, weil er nicht wusste, was mit Dir los war."

„Jetzt bin ich froh, dass Du ihm alles erzählt hast. Als ich im Krankenhaus war und nicht wusste, ob ich jemals wieder gesund werde, konnte ich wirklich keinen klaren Gedanken fassen."

Eva nickte.

„Wir hatten alle große Angst um Dich!" sagte sie.

Dann hob sie ihr Glas.

„Auf Alex und Dich und auf die Gesundheit!"

Ich erzählte Eva, dass Alex in den nächsten Wochen in Berlin drehen würde.

„Was hältst Du davon, ihn dort zu überraschen? Du könntest Dich heimlich in seinem Hotel einquartieren!"

Ich überlegte kurz.

„Ich spreche mal mit Tina, ob ich sie ein paar Tage allein lassen kann. Ich möchte nicht, dass sie sich überanstrengt. Sie muss an sich und das Baby denken."

„Natürlich!" Eva nickte zustimmend. „Aber die Idee ist doch super, oder?"

Ich musste Ihr Recht geben. Außerdem hatte ich so große Sehnsucht nach Alex, dass ich es kaum aushalten konnte.

Am nächsten Tag fragte ich Tina, ob sie im nächsten Monat ein paar Tage auf mich verzichten könnte.

„Ich möchte Alex in Berlin überraschen", sagte ich.

„Ich schaffe das schon allein. Außerdem hat sich Beate mittlerweile so gut eingearbeitet, dass ich ihr einiges überlassen kann."

Ich drückte Tina fest.

„Du bist die beste Schwester, die man sich wünschen kann!"

Bei meinem nächsten Telefonat mit Alex versuchte ich heraus zu bekommen, in welchem Hotel er in Berlin wohnen würde.

Er nannte mir den Namen und ich schrieb es gleich auf.

„Ich bin froh, wenn ich wieder zurück in Deutschland bin. Hier in Russland kann man sich nicht frei bewegen. Ich bin fast nur im Hotel.

Nur ab und zu gehe ich mal mit Kollegen etwas essen", sagte Alex.

„Ich zähle auch die Tage, bis wir uns wiedersehen. Ich war gestern mal wieder am See. Ich hoffe, dass wir bald wieder gemeinsam dort sitzen werden."

„Das wäre schön mein Liebling", antwortete Alex.

Tina und ich hatten in den nächsten Wochen alle Hände voll zu tun. Im Sommer waren wir fast jeden Tag ausgebucht. Der Ansturm der Leute, die wegen mir oder Alex kamen, ließ nach.

Ich atmete auf und war froh, dass alles wieder seinen gewohnten Gang nahm.

Tina wurde immer runder. Man konnte jetzt deutlich sehen, dass sie schwanger war. Beate, Phillips Schwester, hatte sich wirklich super eingearbeitet. Es machte ihr sichtlich Spaß mit den Gästen umzugehen.

Seit ihrer Scheidung war sie ziemlich einsam gewesen und genoss es jetzt, dass in der Pension immer Trubel war.

Heute war ein heißer Tag. Tina jammerte, weil ihre Füße angeschwollen waren. Ich schickte sie nach Hause. Am Abend, nachdem ich wieder in meiner Wohnung war, klingelte mein Handy.

„Hallo Julia, es gibt gute Neuigkeiten!" sagte Alex zur Begrüßung. „Die Dreharbeiten hier sind beendet. Ich fliege übermorgen nach Berlin."

„Das ist ja eine wundervolle Nachricht", sagte ich glücklich.

In Gedanken plante ich schon meinen Besuch bei Alex.

Wir telefonierten noch eine Weile, dann brach die Verbindung wieder ab.

Eine Stunde später schrieb Alex noch eine Nachricht.

Ich kann es kaum erwarten, Dich wieder im Arm zu halten.

Wenn er wüsste, das ich wahrscheinlich noch vor ihm in Berlin sein würde. Ich freute mich so sehr ihn dort zu überraschen. Ich rief gleich im Hotel an und reservierte ein Zimmer für mich.

Am nächsten Morgen packte ich einen Koffer und verabschiedete mich von Tina.

Mit meinem pinken Flitzer machte ich mich auf den Weg. Die Autobahn war relativ frei und ich kam gut voran. Am frühen Nachmittag fuhr ich in das Parkhaus des Hotels und meldete mich an der Rezeption an.

Ich brachte mein Gepäck in das Zimmer und machte mich kurz frisch. Dann ging ich noch einmal an die Rezeption und fragte nach Alex´ Zimmernummer.

Die junge Frau hinter der Rezeption schaute irritiert.

„Woher wissen Sie, dass Herr Thomas hier wohnen wird?" sagte sie leise.

„Ich bin seine Freundin. Ich möchte ihn gern überraschen. Bitte verraten Sie mich nicht."

Sie zögerte.

„Eigentlich darf ich Ihnen nicht sagen in welchem Zimmer er wohnt. Es fällt unter den Datenschutz."

Ich lächelte und holte mein Handy aus der Tasche. Ich zeigte ihr ein paar Fotos von Alex und mir.

Das schien sie zu überzeugen.

„Herr Thomas reist morgen Mittag an. Er hat Zimmer vierhundertzehn", flüsterte sie. „Aber von mir wissen Sie das nicht!"

Ich zwinkerte ihr zu.

„Ich werde Sie nicht verraten!" antwortete ich.

Das Hotel lag sehr zentral in der Nähe vom Brandenburger Tor. Da ich heute noch fast den ganzen Tag Zeit hatte, verließ ich das Hotel und bummelte etwas über die berühmte Prachtstraße „Unter den Linden".

Hier gab es exklusive und sehr teure Geschäfte. Ich machte große Augen, als ich die Preise sah.

Trotzdem machte es großen Spaß, sich an den Schaufenstern vorbei treiben zu lassen.

In einem Straßencafé setzte ich mich in die Sonne und fühlte mich unendlich glücklich.

Morgen würde ich Alex wiedersehen. Wir hätten endlich ein paar Tage für uns. Zumindest abends würde Alex Zeit für mich haben.

Auf dem Rückweg zum Hotel kam ich noch einmal an einer Boutique vorbei. Hier hatte ich vorhin ein wunderschönes Sommerkleid im Schaufenster gesehen. Spontan trat ich in den Laden und wurde auch gleich von einer Verkäuferin begrüßt.

„Kann ich Ihnen helfen? Suchen Sie etwas Bestimmtes?" fragte sie.

Ich deutete auf das Kleid.

„Haben Sie das auch in meiner Größe?" antwortete ich.

„Größe 36?"

Ich nickte.

Die Verkäuferin lächelte und ging zu einem Kleiderständer. Mit einem Griff zog sie das richtige Kleid heraus und reichte es mir.

„Dort ist die Umkleidekabine."

Sie deutete in den hinteren Bereich des Ladens.

Ich probierte das Kleid an und fühlte mich mit einem Schlag wie eine Prinzessin. Es passte wie angegossen.

Die Verkäuferin machte ein begeistertes Gesicht, als ich aus der Kabine trat, um mich im Spiegel zu betrachten.

„Das Kleid ist wie für Sie gemacht! Sie sehen wunderschön aus."

„Vielen Dank. Ich habe mich auch gleich verliebt, als ich es vorhin im Schaufenster gesehen habe."

Ich entschloss mich das Kleid zu kaufen, obwohl es sündhaft teuer war. Aber ich wollte mich für die schwere Zeit belohnen. Ich fand, ich hatte es verdient.

Bevor ich endgültig zurück zum Hotel ging, machte ich noch eine Pause in einem Restaurant. Ich bestellte mir eine Kleinigkeit zu essen und belohnte mich heute zum zweiten Mal. Diesmal mit einem Glas Champagner.

Später im Hotelzimmer wurde ich zusehends nervöser. Ich schlief erst nach Mitternacht endlich ein.

Am nächsten Morgen frühstückte ich im Hotel. Gegen Mittag ging ich dann in das Foyer des Hotels. Ich setzte mich so, dass man mich nicht sehen konnte. Ich nahm mir eine Zeitung und wartete darauf, dass Alex endlich ankam.

Ich wurde langsam ungeduldig, als ich Alex durch die Drehtür kommen sah. Mein Herz klopfte wie wild. Ich hielt mir schnell die Zeitung vor das Gesicht, damit er mich nicht entdeckte.

Er ging an die Rezeption und holte seinen Schlüssel. Dann ging er zu den Fahrstühlen und fuhr nach oben.

Ich blieb noch eine Weile sitzen. Auf einmal klingelte mein Handy.

Es war Alex.

Hallo mein Schatz!" sagte er. „Ich wollte Dir nur sagen, dass ich im Hotel angekommen bin."

Ich musste grinsen.

„Ich bin so froh, dass Du wieder in Deutschland bist", antwortete ich. „Kann ich Dich gleich zurück rufen? Ich muss noch etwas erledigen?"

„Natürlich! Dann gehe ich jetzt erstmal unter die Dusche", sagte Alex.

„Warte noch damit! Ich melde mich gleich!"

Ich verabschiedete mich von Alex und fuhr schnell auf mein Zimmer. Dort machte ich mich kurz zurecht und dann ging ich zum Fahrstuhl.

Vor Alex Zimmer klopfte mein Herz laut vor Aufregung.

Als sich die Tür öffnete, sah ich die Freude und Überraschung in Alex Augen.

„Hallo Liebling, vielleicht können wir ja zusammen duschen!" sagte ich leise.

Alex zog mich ins Zimmer und küsste mich stürmisch.

„Ist die Überraschung gelungen?" fragte ich, als Alex mich endlich los ließ.

„Ich freue mich wahnsinnig, dass Du nach Berlin gekommen bist."

Dann zog Alex mich hinter sich her in Richtung Badezimmer. Wir liebten uns unter der Dusche. Danach warfen wir uns auf das Bett und schliefen endlich wieder nebeneinander ein. Ich war wunschlos glücklich.

Die Tage in Berlin waren wunderschön. Alex hatte zwischen den Dreharbeiten immer wieder Zeit und wir verbrachten jede freie Minute miteinander.

Am Abend vor meiner Abreise wollten wir in ein angesagtes Restaurant gehen. Ich hatte mein neues Kleid angezogen und machte mich im Badezimmer zurecht. Alex trat hinter mich und flüsterte mir ins Ohr:

„Du siehst zum Anbeißen aus."

„Das kannst Du gern später machen!"
antwortete ich.

Alex grinste und gab mir einen Klaps auf den Po.

„Wir müssen gleich los. Ich habe schon ein Taxi
bestellen lassen."

Ich nahm meine Handtasche und wir verließen
das Hotelzimmer.

Das Restaurant war gut besucht. Wie immer
schauten einige Gäste neugierig und tuschelten,
als wir vom Kellner zum Tisch begleitet wurden.

„Daran werde ich mich nie gewöhnen", sagte ich
leise.

„Du bist heute sie schönste Frau hier. Genieß
doch die bewundernden Blicke!" antwortete
Alex.

Nachdem wir uns gesetzt hatten, brachte uns
der Kellner die Menükarten.

Wir wählten die Speisen und ich ließ die Blicke
schweifen.

In diesem Moment kam ein Mann mit einer Kamera zu uns an den Tisch. Ich sah Alex erschrocken an.

„Alles in Ordnung Julia. Ich weiß Bescheid. Diesmal habe ich die Presse informiert."

„Warum das denn?" fragte ich verwirrt.

„Alle sollen wissen was heute passiert!" antwortete Alex geheimnisvoll.

Ich verstand immer noch nicht.

Der Kellner kam wieder und stellte einen Teller vor mich. Darauf lag ein wunderschöner Verlobungsring.

Alex nahm ihn, stand auf und ging vor mir auf die Knie.

„Julia, mein wunderschöner Engel, willst Du meine Frau werden?" fragte er.

Ich nahm seine Hand und zog ihn hoch. Ich hatte plötzlich komplett vergessen, dass so viele Menschen anwesend waren.

„Ich kann mir nichts Schöneres vorstellen.
Natürlich sage ich ja!"

Ich küsste Alex vor all den Leuten und es machte
mir gar nichts aus, das der Journalist uns ständig
fotografierte.

Die anderen Gäste kamen an unseren Tisch und
gratulierten uns.

„Das sind alles Freunde und Kollegen. Sie
wussten alle Bescheid. Ich habe das Restaurant
für heute Abend gemietet."

Ich konnte es gar nicht glauben. Ich war so
überrascht und überglücklich.

Unter den Gästen erkannte ich jetzt Celine. Auch
Eva und Markus waren da.

„Tina und Phillip konnten leider nicht kommen.
Tina hat wieder diese Schwangerschaftsübelkeit.
Ich soll Dich herzlich grüßen. Sie freut sich sehr
für uns!"

Als ich am nächsten Morgen in Alex Armen wach wurde, konnte ich es immer noch nicht fassen, dass er mir einen Heiratsantrag gemacht hatte.

„Guten Morgen, zukünftige Frau Hoffmann!" sagte Alex.

Nach dem gemeinsamen Frühstück musste ich dann aber aufbrechen. Ich hatte Tina versprochen, heute wieder zurück zu kommen. Wenn ihr wirklich immer so schlecht war, brauchte sie meine Hilfe.

Alex brachte mich noch nach unten. Als wir im Foyer standen, kam uns eine Dame von der Rezeption entgegen.

„Im Namen der Hotelleitung möchte ich Ihnen unseren herzlichen Glückwunsch zur Verlobung aussprechen."

Alex und ich bedankten uns.

„Anscheinend steht es heute schon in der Zeitung", sagte Alex. „Jetzt gibt es kein Zurück mehr!"

Ich musste lachen.

„Das hast Du jetzt davon!" antwortete ich.

Am Nachmittag traf ich wieder zuhause ein. Tina saß an der Rezeption. Sie stand auf und kam auf mich zu. Dann nahm mich fest in den Arm.

„Ich freue mich so für Euch. Jetzt wird alles gut!" sagte sie.

Da Tina nicht mehr so viel arbeiten sollte, nahm ich ihr in den nächsten Wochen fast alles ab. Sie wurde kugelrund und saß nur noch an der Rezeption.

Wenn ich am Abend mit Alex telefonierte, dann war ich manchmal so müde, dass ich kaum die Augen offen halten konnte.

„Wir sind hier bald fertig mit den Dreharbeiten. Ich kann es gar nicht abwarten, wieder bei Dir zu sein", sagte Alex gestern.

Ich hatte auch große Sehnsucht nach ihm.

In der darauffolgenden Woche setzten bei mir wieder Kopfschmerzen ein. Ich bekam direkt Panik und rief meinen Hausarzt an.

Wir vereinbarten einen Termin und ich fuhr am nächsten Tag mit klopfenden Herzen in die Praxis.

Im Wartezimmer wurde ich immer nervöser. Als ich endlich aufgerufen wurde, war ich völlig aufgelöst.

„Seit wann haben Sie denn wieder Kopfmerzen?" fragte der Arzt.

„Erst seit ein paar Tagen, aber ich habe Angst, dass es wieder ein Tumor ist."

„Machen Sie sich nicht so viele Sorgen. Es ist bestimmt harmlos. Aber trotzdem werden wir erst einmal eine Röntgenaufnahme machen."

Ich wurde in eine andere Praxis geschickt. Dort bekam ich nach der Untersuchung das Röntgenbild in die Hand.

Zurück in der Hausarztpraxis, hielt der Arzt das Bild vor einen Projektor. Mit war schlecht vor Angst.

„Es ist alles in Ordnung. Kein Tumor und auch sonst keine Auffälligkeiten", sagte er.

Ich zitterte am ganzen Körper bei seinen Worten.

„Ist ihnen denn auch übel?" fragte der Arzt.

„Ab und zu!" antwortete ich.

„Vielleicht sollten wir mal einen Schwangerschaftstest machen?"

Ich schaute ihn ungläubig an. Ich hatte in der Zeit im Krankenhaus und in der Reha die Pille abgesetzt. Danach hatte ich sie auch ein paar Mal vergessen. Mir wurde heiß bei dem Gedanken, dass ich schwanger sein könnte.

Der Arzt machte noch ein paar Untersuchungen und rief mich dann noch einmal in sein Sprechzimmer.

„Ich hatte Recht! Sie sind schwanger. Anfang dritter Monat."

Ich rechnete nach. Es musste in der Woche in Berlin passiert sein.

Was würde Alex dazu sagen. Wir kannten uns doch erst ein paar Monaten. Ich musste so schnell wie möglich mit ihm sprechen.

Als ich wieder zuhause war, versuchte ich ihn anzurufen. Ich konnte ihn aber nicht erreichen.

Am Abend versuchte ich es nochmal, hatte aber wieder keinen Erfolg. Ich sprach Alex auf die Mailbox und bat ihn, mich zurück zu rufen.

Alex meldete sich aber nicht. Ich begann mir Sorgen zu machen, als er auch am nächsten Tag nicht erreichbar war.

Ich ging in die Küche und schaute in den Kühlschrank. Ich hatte auf einmal Heißhunger auf Spaghetti mit Tomatensauce. Das hatte ich schon ewig nicht mehr gegessen.

Als ich gerade die Tomaten aus dem Kühlschrank nehmen wollte, klingelte es an der Tür.

Ich öffnete. Vor mir stand Alex. Er hatte einen Koffer dabei und fragte: „Darf ich reinkommen? Ich wollte Dich überraschen! Die Dreharbeiten sind beendet!"

Ich warf mich in seine Arme und jubelte laut.

„Sieht aus, als ob Du Dich freust!" sagte Alex und küsste mich lange.

„Es geht so!" antwortete ich und musste lachen.

Alex nahm mich in den Arm und wirbelte mich herum.

„Alex, hör auf! Du musst ein bisschen vorsichtig sein", sagte ich atemlos.

„Oh, entschuldige. Ich habe nicht daran gedacht, dass Du wegen der Operation noch aufpassen musst."

„Nein, nicht wegen der Operation. Es hat einen anderen Grund.

Mir schlug das Herz bis zum Hals.

Alex schaute erstaunt.

„Bist Du etwa schwanger?" fragte er.

Ich hatte Angst vor seiner Reaktion und nickte vorsichtig.

Alex ließ sich auf die Couch fallen. Dann zog er mich zu sich und flüsterte mir ins Ohr: „Ich bin überglücklich. Ich wünsche mir doch schon so lange eine Familie. Ich liebe Dich."

„Ist es nicht zu schnell? Ich habe es wirklich nicht darauf angelegt."

Alex schüttelte den Kopf.

„Wir werden Eltern. Das ist ein großes Geschenk!"

Er schaute mich besorgt an.

„Oder ist es zu früh nach der Operation? Was hat der Arzt gesagt?"

Ich erzählte Alex, dass ich eigentlich wegen der Kopfschmerzen beim Arzt war.

„Es ist alles in Ordnung. Es gibt keine Probleme durch die Schwangerschaft!" antwortete ich.

„Mir fällt ein Stein vom Herzen!" flüsterte Alex mir ins Ohr.

„Ich liebe Dich!" sagte ich und kuschelte mich in seine Arme.

„Ich Dich auch und ich wünsche mir noch ganz viele Kinder mit Dir!"

„Lass uns erstmal das Eine auf die Welt bringen. Dann sehen wir weiter!"

Vier Wochen später fuhren Alex und ich nach München. Alex wollte sein Haus verkaufen.

Wir hatten in der Nähe der Pension durch Zufall ein wunderschönes altes Bauernhaus gesehen, dass zum Verkauf stand.

Wir sahen es uns gemeinsam mit dem Makler an und waren direkt in das Haus verliebt.

Nach der Besichtigung war uns Beiden klar, dass wir dort leben wollten.

Heute hatten wir in München einen weiteren Termin mit einem Makler, der den Bungalow in Alex´ Auftrag verkaufen sollte.

„Der Bungalow ist so gut wie verkauft!" sagte der Makler. „Wenn ich den Käufern erzähle, wer bisher hier gewohnt hat, dann werden sie es unbedingt haben wollen."

Er lächelte uns vielsagend an.

Nach dem Termin gingen wir noch etwas im Englischen Garten spazieren. In der Nähe vom Chinesischen Turm setzten wir uns auf eine Bank.

Alex legte den Arm um mich.

„Bei Dir bin ich das erste Mal in meinem Leben restlos glücklich. Ich komme zur Ruhe, obwohl Du eine aufregende Frau bist. Jetzt werden wir Eltern. Schöner kann es nicht sein."

„Ich hätte auch niemals gedacht, dass ich mich bei einem Mann so geborgen fühlen kann.

Ich bin Dir so dankbar, dass Du nicht aufgegeben hast und immer an uns geglaubt hast", antwortete ich.

Plötzlich klingelte mein Handy.

Es war Phillip.

„Hallo Julia, ich habe Tina eben ins Krankenhaus gebracht. Sie hatte Wehen. Es geht los. Das Baby kommt!"

Phillip war völlig aus dem Häuschen und stotterte nur herum.

„Oh, Sie wäre doch erst in drei Wochen dran! Wir sind gerade in München. Wir machen uns aber direkt auf den Weg!" sagte ich aufgeregt.

Ich erzählte Alex die Neuigkeiten.

Er lächelte und sagte:

„Dann komm, Tante Julia, jetzt wird es ernst!"

Wir fuhren direkt zum Krankenhaus nach Garmisch-Partenkirchen. Nach einer Stunde parkten wir in einer Seitenstraße und gingen an die Patienteninformation im Foyer.

Ich fragte nach dem Kreissaal. Man schickte uns auf die dritte Etage. Als wir aus dem Fahrstuhl traten, sah ich Phillip und meine Eltern.

„Das Baby ist schon da. Es ist ein gesunder Junge!"

Phillip strahlte über das ganze Gesicht.

„Herzlichen Glückwunsch!" sagten Alex und ich fast gleichzeitig.

„Wir können gleich zu Tina. Wollt ihr den Kleinen mal sehen?"

Alex und ich nickten aufgeregt. Wir folgten Phillip und meinen Eltern zu einem Fenster, von wo aus man die Babys sehen konnte.

Eine Krankenschwester holte den Kleinen aus seinem Bettchen und kam mit ihm an die Fensterscheibe. Er schlief zufrieden und war zum Anbeißen süß.

„Wie soll er denn heißen?" fragte ich Phillip. Bisher hatten Tina und er uns den Namen noch nicht verraten.

„Er heißt Felix! Das bedeutet der Glückliche und das soll er immer sein!"

Wir konnten uns kaum von dem kleinen Felix losreißen. Ich wollte aber unbedingt noch einmal zu Tina, um ihr zu gratulieren.

Sie lag erschöpft im Bett, aber sie lächelte glücklich, als wir die Tür zu ihrem Zimmer öffneten.

Ich setzte mich an ihr Bett und drückte sie fest.

„Herzlichen Glückwunsch Tina. Felix ist ein wunderschönes Baby."

„Ich freue mich sehr für Dich und Phillip!" sagte ich.

„Danke Julia. Das ist das Schönste, was mir bisher in meinem Leben passiert ist."

Tina schaute mich an und dann fragte sie: „Wann ist es denn bei Dir soweit?"

Bisher hatten wir noch keinem gesagt, dass ich schwanger bin. Deshalb schaute ich erstaunt, als Tina mich jetzt danach fragte.

„Woher weißt Du…?"

„Deine Heißhungerattacken und Dein glückliches Gesicht, wenn Du Dich unbeobachtet gefühlt hast. Du hast dann vorsichtig über Deinen Bauch gestreichelt. Das konnte nur eins bedeuten!"

„Meiner großen Schwester kann ich aber auch nichts verheimlichen", antwortete ich.

Tina grinste müde.

„Wir lassen Dich jetzt allein. Erhol Dich und schlaf ein bisschen."

Wir verabschiedeten uns von meinen Eltern und Phillip. Dann fuhren wir zu meiner Wohnung.

Am Abend, nachdem wir zusammen gegessen hatten, fragte mich Alex:

„Ich möchte, dass wir so schnell wie möglich heiraten. Was hältst Du davon wenn wir uns aus dem Staub machen und heimlich heiraten?"

Ich schaute erstaunt.

„Willst Du denn keine große Hochzeit mit der Familie und Freunden?"

„Ich möchte auf keinen Fall, dass die Presse sich wieder auf uns stürzt. Wir könnten in aller Stille heiraten und später mit allen ein großes Fest feiern!"

„Und wo wollen wir heiraten?" fragte ich.

„Ich mache einen Termin beim Standesamt in Garmisch. Wir könnten dann später kirchlich in der kleinen Kapelle in den Bergen heiraten!"

Alex hatte sich anscheinend schon genau Gedanken gemacht, wie alles ablaufen soll.

Ich war von der Idee begeistert.

Am nächsten Tag vereinbarten wir einen Termin mit einem Standesbeamten. Wir fuhren nach Garmisch und gingen zu einem Juwelier. Dort suchten wir spontan Eheringe aus. Zur standesamtlichen Trauung wollte ich ein Dirndl tragen. Ich hatte in einem Trachtenmodenladen einmal ein wunderschönes weißes Hochzeitsdirndl gesehen. Das wollte ich aber ohne Alex aussuchen. Er sollte es erst am Tag unserer Hochzeit sehen.

Unser großer Tag für die standesamtliche Trauung sollte Ende August sein.

In der nächsten Woche fuhr ich noch einmal allein zu dem Laden, in dem ich einmal das wunderschöne Dirndl gesehen hatte.

Die Verkäuferin zeigte mir noch weitere Modelle. Zum Schluss entschied ich mich für einen Traum aus Seide und Spitze. Da man schon meinen Schwangerschaftsbauch erkennen konnte, wurde das Dirndl noch umgeändert.

Eine Woche später konnte ich dann zur Anprobe kommen. Ich war so gespannt, was Alex dazu sagen würde.

Da wir keinem anderen von unserer Hochzeit etwas erzählen wollten, musste ich aufpassen, dass wir uns nicht verrieten.

„Wenn das Baby da ist, dann planen wir die kirchliche Trauung. Dann machen wir eine große Feier und laden alle ein. Vielleicht können wir es sogar mit der Taufe zusammenlegen?" fragte mich Alex, als wir abends im Bett lagen.

„Vielleicht können wir dann schon in unserem neuen Haus feiern!" sagte ich.

Alex schaute glücklich.

„Ich kann es kaum erwarten, dass wir einziehen können. Nächste Woche wird der Bungalow in München verkauft. Der Makler hat heute Morgen angerufen. Der Käufer hat den Notartermin festgelegt."

In der nächsten Woche fuhr Alex noch einmal nach München um sein Haus zu verkaufen.

Ich fuhr nach Garmisch um mein Dirndl abzuholen. Es saß perfekt. Ich fuhr anschließend zurück zur Pension. Ich hatte Tina versprochen, die neuen Gäste in Empfang zu nehmen. Sie hatte mit Felix einen Termin beim Kinderarzt.

Am späten Nachmittag kam sie zurück. Felix schlief selig in seinem Tragekorb.

„Es ist alles in Ordnung. Felix ist gesund und munter!" sagte Tina glücklich.

Als Alex abends nach Hause kam, hatte ich mir gerade mal wieder Nudeln mit Tomatensauce gemacht. Ich konnte das im Moment jeden Tag essen.

Alex grinste: „Gott sei Dank hast Du keinen Heißhunger auf Trüffel. Dann würde ich arm werden."

In München war alles glatt gelaufen. Jetzt stand dem Kauf unseres Traumhauses nichts mehr im Weg.

In der darauf folgenden Woche war unser Hochzeitstermin. Ich war so aufgeregt, dass ich kaum noch schlafen konnte.

Am Morgen des großen Tages zog ich heimlich mein Hochzeitsdirndl an und darüber einen Mantel, damit es keiner sehen konnte. Auch Alex sah phantastisch aus in seinem Anzug mit Weste.

Die Trauung im Standesamt war schön aber kurz. Ich konnte es kaum glauben, als der Standesbeamte uns gratulierte.

„Herzlichen Glückwunsch Frau und Herr Hoffmann!" sagte er strahlend.

In diesem Moment war ich unbeschreiblich glücklich. Noch vor ein paar Monaten dachte ich, ich müsste vielleicht sterben. Jetzt war ich schwanger von dem Mann, den ich über alles liebte. Und ich war verheiratet. Ich konnte es kaum glauben.

Als wir aus dem Gebäude kamen machte ich große Augen. Auf dem Platz vor dem Rathaus standen meine Eltern, Tina und Phillip und auch Eva war mit Markus gekommen.

Sie gratulierten uns und Tina flüsterte mir ins Ohr:

„Glaubst Du, Du kannst Deiner Schwester etwas verheimlichen?" sagte sie, als ich sie fragte woher sie wusste, dass wir heute heiraten würden.

„Ich habe eine alte Schulfreundin, die hier im Rathaus arbeitet. Sie hat mitbekommen, dass ihr heute heiraten würdet. Dann hat sie mich angerufen und es mir verraten!"

„Ich bin so froh, dass ihr da seid. Und eine große Feier gibt es dann nach der kirchlichen Trauung. Dann ist auch der kleine Hoffmann schon auf der Welt."

Ich zeigte auf meinen Babybauch.

„Wird es ein Junge?" fragte Tina.

Ich nickte.

„Wir wissen es seit ein paar Tagen. Man konnte es bei der letzten Ultraschalluntersuchung genau erkennen", sagte Alex, der jetzt neben mich getreten war.

Es wurde dann doch noch eine wunderschöne Feier im Kreise der Familie gemeinsam mit Eva mit Markus.

„Das Dirndl ist der Hammer!" sagte Eva begeistert. „So eins hätte ich auch gern bei meiner Hochzeit."

Markus grinste, als er das hörte.

„Das war wohl der Wink mit dem Zaunpfahl!" sagte er.

Die nächsten Wochen vergingen wie im Flug. Ende des Jahres konnten wir in unser schönes Bauernhaus ziehen. An Weihnachten saßen wir am Kaminfeuer und Alex streichelte über meinen kugelrunden Babybauch.

„Was für ein Jahr. Es ist so viel geschehen. Ich war so glücklich, als ich Dich gefunden habe. Dann die Wochen der Ungewissheit. Und jetzt werden wir bald Eltern", sagte er.

„Da hast Du Recht. Wir haben einfach unglaubliches Glück gehabt."

Das neue Jahr fing mit viel Schnee und Kälte an. Ich ging jeden Tag wenigstens ein paar Minuten an die frische Luft. Der Geburtstermin war für Anfang März ausgerechnet.

Heute hatte Alex einen Termin mit dem Produzenten eines vielversprechenden Projektes. Nach dem Erfolg des letzten Spielfilms konnte er sich jetzt die Rollen aussuchen.

Alex war heute Morgen schon ganz früh nach London geflogen. Er wollte dann am späten Abend wieder zurück sein.

Ich lief in der Nähe unseres Hauses durch den tiefen Schnee. Es war ein wunderschöner Tag. Es war zwar sehr kalt, aber die Sonne schien von einem blauen Himmel.

Ich kam ganz schön ins Schwitzen, darum nahm ich meine Mütze ab und steckte sie in die Jackentasche. So langsam wurde er mir doch zu anstrengend und ich beschloss wieder nach Hause zu laufen.

Auf halber Strecke bekam ich plötzlich starke Unterleibschmerzen und ich hatte das Gefühl, das mir Flüssigkeit die Beine hinunterlief.

Ich bekam Panik. Was sollte ich machen? Ich hatte furchtbare Angst, dass etwas mit dem Baby sein könnte.

Ich nahm mein Handy aus der Tasche und rief Tina an. Sie ging direkt dran und war ebenso erschrocken wie ich.

„Ist in der Nähe eine Bank?" fragte sie.

Ich schaute mich um.

„Ja, ungefähr zweihundert Meter weiter vorn."

„Dann geh dort hin und leg Dich auf die Bank. Auch wenn es kalt ist. Ich glaube Deine Fruchtblase ist geplatzt. Ich rufe den Notarzt. Schicke mir bitte gleich Deine Standortdaten!" sagte Tina aufgeregt.

Ich hatte mir mal von Alex zeigen lassen wie man das machte. Er hatte Sorgen, dass genau so etwas mal passieren könnte.

Ich ging langsam zu der Bank und konnte keinen klaren Gedanken fassen.

Mein Baby!! Ich wollte es nicht verlieren!

Ich schluchzte verzweifelt.

In der Ferne hörte ich schon das Martinshorn und kurze Zeit später sah ich einen Rettungswagen den Feldweg hinabfahren.

Ein Sanitäter sprang aus dem Auto und kam auf mich zu.

Er brachte mir eine Wärmefolie mit und wickelte mich darin ein.

„Was ist denn passiert?" fragte der junge Mann.

„Ich war spazieren. Plötzlich bekam ich starke Unterleibschmerzen und meine Fruchtblase ist geplatzt!" sagte ich ängstlich.

„Im wievielten Monat sind sie?"

„Im achten Monat. Das Kind soll erst in acht Wochen kommen."

„Haben Sie keine Angst. Wir bringen Sie jetzt ins Krankenhaus. Dort wird man sie erstmal gründlich untersuchen."

Der Sanitäter lächelte mir aufmunternd zu. Mittlerweile war seine Kollegin auch bei mir angekommen. Die Beiden stützten mich, damit ich nicht hinfiel. Vor dem Rettungswagen musste ich mich auf eine Trageliege legen und wurde dann ins Innere geschoben.

Meine Angst stieg in jeder Minute.

„Darf ich meinen Mann anrufen?" fragte ich.

Die Sanitäterin nickte.

„Natürlich. Wo ist denn ihr Handy?"

Ich nahm es aus meiner Manteltasche und wählte Alex´ Nummer. Es ging nur die Mailbox dran.

„Alex, ich bin auf dem Weg ins Krankenhaus. Ich habe vorzeitige Wehen. Bitte ruf mich zurück. Wenn ich nicht drangehen kann, dann frag bei Tina nach. Ich habe Angst!" sagte ich.

Als wir vor dem Krankenhaus vorfuhren, sah ich schon Tina am Eingang stehen.

Ich wurde in die Notaufnahme gebracht und von dort auf die Frauenstation.

Eine junge Ärztin kümmerte sich um mich. Sie machte einige Untersuchungen und dann sagte sie:

„Wir müssen das Kind per Kaiserschnitt holen. Die Herztöne sind nur noch sehr leise zu hören. Aber haben sie keine Angst. Es wird alles gut gehen!"

Mir wurde trotzdem schlecht vor Aufregung.

„Ich kann meinen Mann nicht erreichen, aber meine Schwester ist da. Darf sie kurz zu mir?" fragte ich mit zittriger Stimme.

„Selbstverständlich. Ich höre mal nach, wo sie ist!"

Die Ärztin verließ den Raum und ich betete, dass unserem Baby nichts passieren würde.

Kurze Zeit später kam Tina in den Raum. Die Ärztin hatte ihr schon Bescheid gesagt.

„Julia, mach Dir keine Sorgen. Du hast schon so vieles geschafft. Jetzt wird auch alles gut werden. Du bist stark und das Baby auch!"

Irgendwie trösteten mich Tinas Worte.

„Kannst Du versuchen Alex zu erreichen? Er ist doch in London und kommt erst heute Abend zurück. Er soll aber Bescheid wissen."

Tina nickte und streichelte meine Hand.

„Ich werde es immer mal wieder versuchen. Wenn er sieht, dass wir angerufen haben, dann wird er sich sicher direkt melden!" sagte sie.

Die Tür ging auf und die Ärztin kam zurück.

„Wir bringen Sie jetzt in den OP. Sie werden dann vom Anästhesisten noch vorbereitet. Dann werden wir den Kaiserschnitt durchführen."

An Tina gewandt sagte sie noch:

„Sie können gern vorn im Flur im Wartebereich Platz nehmen. Allerdings wird es ungefähr zwei Stunden dauern."

„Ich bleibe natürlich hier."

Tina gab mir zum Abschied einen Kuss auf die Stirn.

Dann wurde ich in den Operationsbereich gebracht.

Als ich wieder zu mir kam hatte ich das Gefühl, dass kaum Zeit vergangen war.

Ich versuchte die Augen zu öffnen. Das grelle Licht im Zimmer blendete mich und ich blinzelte. Ich konnte erkennen, dass ich in einem anderen Raum war. In meinem Arm steckte eine Infusion.

Das kannte ich noch allzu gut von meiner Kopfoperation.

„Frau Brunner?" hörte ich eine leise Stimme.

„Ja, ich bin wach", flüsterte ich.

In mein Blickfeld trat die Ärztin, die mich schon vorher betreut hatte.

„Ist alles gut gegangen?" wollte ich wissen. „Wo ist mein Baby?"

„Sie haben einen kleinen Jungen. Allerdings hat ihr Kind Probleme mit der Atmung. Er ist ja viel zu früh auf die Welt gekommen. Er liegt auf der Intensivstation der Kinderklink."

Ich fing an zu zittern und weinte hemmungslos.

„Wann kann ich ihn sehen?" fragte ich unter Tränen.

„Sie müssen etwas Geduld haben. Nach einem Kaiserschnitt müssen Sie sich noch schonen. Ich entscheide morgen, wann Sie aufstehen dürfen. Aber ihr Kind ist in guten Händen."

„Kann meine Schwester zu mir kommen?" fragte ich.

„Wir bringen Sie später auf ihr Zimmer. Ihre Schwester wartet schon dort."

„Wie spät ist es denn?" wollte ich wissen.

„Es ist kurz vor neunzehn Uhr!" antwortete die Ärztin.

Ich konnte es kaum glauben. Seit man mich in den OP geschoben hatte, waren einige Stunden vergangen. Vielleicht war Alex auch schon in München gelandet.

Ich wollte die Ärztin noch etwas fragen, aber ich schlief durch die Narkose noch einmal ein.

Das nächste Mal wurde ich wach, weil mich Jemand zärtlich küsste. Es war Alex.

„Was machst Du denn für Sachen. Dich kann man ja wirklich nicht allein lassen", flüsterte er.

„Hast Du schon gehört, was passiert ist?"

Alex nickte und lächelte.

„Ich habe vorhin schon mit Dr. Sacher gesprochen. Das ist die Ärztin die den Kaiserschnitt durchgeführt hat. Sie hat mir schon alles erzählt. Ich war auch schon drüben in der Kinderklinik. Unser Sohn ist wunderschön, wenn auch sehr zierlich."

„Er hat Probleme mit der Atmung!" sagte ich voller Angst.

„Er bekommt Sauerstoff durch eine Sonde, aber sonst geht es ihm gut. Der Kinderarzt ist sehr zuversichtlich."

„Ich möchte so gern zu unserem Kind!"

Mir kamen wieder die Tränen.

Alex nahm sein Handy und zeigte mir ein Foto von unserem Baby. Er lag in einem Wärmebettchen.

Man konnte nur sein Köpfchen mit den dunklen Haaren erkennen. Aber das was ich sah, war wunderschön. Ich weinte wieder, aber diesmal vor Glück.

„Wo ist denn Tina?" fragte ich.

„Sie musste zurück. Phillip hatte einen Termin und konnte nicht länger auf Felix aufpassen."

„Die Arme! Sie hat den ganzen Tag hier gewartet", sagte ich.

„Ich habe schon mit ihr telefoniert. Sie kommt Dich morgen wieder besuchen."

Alex streichelte mich.

„Ich liebe Dich so!" sagte Alex. „Jetzt sind wir eine Familie."

Ich nickte und war gleich darauf wieder eingeschlafen.

Alex schickte mir das Foto von unserem Kind auf mein Handy. Dann stand er auf und verließ leise den Raum.

Am nächsten Vormittag kam Tina mit Felix in mein Zimmer. Sie setzte ihn auf mein Bett und er fing gleich an mit der Fernbedienung für das Bett zu spielen. Er hatte eine Riesenfreude daran mich mit dem Kopfteil immer nach oben und unten zu fahren. Als Tina ihm das Teil wegnahm, begann er gleich an zu weinen.

Daraufhin holte sie ihm sein Lieblingskuscheltier aus der Tasche und tröstete ihn damit.

„Wie geht es Dir heute?" fragte sie.

„Besser, aber die Narbe schmerzt natürlich noch sehr. Solange ich mich nicht bewege, ist alles in Ordnung", antwortete ich.

„Was macht der Kleine? Weißt Du schon etwas Neues?"

Ich nickte froh. Die Ärztin hatte mir heute gleich in der Frühe mitgeteilt, dass es ihm besser ging. Wenn bei mir der Heilungsprozess weiter so gut ging, durfte ich ihn bald besuchen. Ich konnte es kaum erwarten mein Kind in den Arm zu nehmen.

Tina blieb nur kurz, da sie wieder zurück in die Pension musste.

Kurz darauf kam Alex in mein Zimmer. Er hatte einen großen Blumenstrauß dabei.

„Hallo mein Engel. Ich war gerade schon bei unserem Kleinen. Er sieht heute schon viel besser aus. Richtig rosig!"

Alex lächelte glücklich und zeigte mir das neueste Foto.

Er beugte sich zu mir hinunter und küsste mich zärtlich.

„Ich hoffe, dass ich morgen auch hinüber zur Kinderklinik darf. Die Ärztin wollte es morgen früh bei der Visite entscheiden."

„Zuhause wartet eine Überraschung auf Euch!" sagte Alex.

Ich schaute ihn fragend an, aber er zuckte nur mit den Schultern.

„Ich verrate nichts!" antwortete er.

Am nächsten Morgen war ich schon sehr früh wach. Ich wollte endlich wissen, ob ich aufstehen durfte und unser Baby sehen konnte. Es dauerte eine gefühlte Ewigkeit bis Dr. Sacher endlich mein Zimmer betrat.

Sie kontrollierte die Operationsnarbe und lächelte.

„Das sieht gut aus Frau Hoffmann. Wir können es riskieren, dass Sie eine kurze Strecke laufen dürfen."

Mir fiel ein riesiger Stein vom Herzen und ich war so aufgeregt, dass ich stotterte:

„Mein Mann kommt gleich. Darf ich dann mit ihm in die Kinderklinik?"

„Selbstverständlich. Aber passen Sie auf, dass Sie sich nicht überanstrengen. Bitte nicht zu viel Bücken oder strecken", antwortete die Ärztin.

„Das mache ich freiwillig nicht. Es tut noch zu sehr weh!"

Dr. Sacher lachte und verließ das Zimmer.

Eine Stunde später kam Alex und wir gingen direkt in die Kinderklinik, die nur durch einen Übergang von der Frauenklinik getrennt war.

Mein Herz klopfte bis zum Hals, als wir die Tür zur Frühgeborenen Station öffneten.

Wir bekamen einen Schutzkittel und ich durfte dann endlich mein Kind im Arm halten. Ich war so überwältigt, dass ich weinen musste.

Unser Junge war sehr zart, aber er griff gleich mit seinen winzigen Fingerchen nach meinem Daumen.

„Er ist wunderschön!" hauchte ich.

„Ganz die Mama!" sagte Alex und küsste mich auf die Stirn.

Eine Krankenschwester betrat den Raum.

„Sie wollen bestimmt wissen, wie es Ihrem Baby geht?" sagte sie.

Alex und ich nickten gleichzeitig.

„Es ist wirklich alles in Ordnung. Nur an Gewicht muss ihr Kleiner noch zulegen. Dann dürfen Sie ihn bald mit nach Hause nehmen!"

Alex drückte meine Hand.

„Das ist eine sehr gute Nachricht. Vielen Dank!" antwortete er.

Die Krankenschwester wurde rot und fragte dann:

„Könnte ich vielleicht ein Autogramm von Ihnen haben, Herr Thomas?"

Alex lachte und nickte.

„Wenn Sie möchten machen wir auch ein gemeinsames Foto mit Ihnen und Ihren Kolleginnen von der Station."

„Das wäre der Hammer!" antwortete sie begeistert.

Sechs Wochen später durften wir unser Kind endlich nach Hause holen. Ich durfte bis dahin nicht in das zukünftige Kinderzimmer.

Alex hatte es abgeschlossen, weil dahinter die Überraschung wartete.

Ich hatte unseren Jungen auf dem Arm und Alex zog den Schlüssel jetzt aus der Hosentasche. Er schloss grinsend die Tür auf und ließ uns hinein.

Ich konnte vor Begeisterung zuerst gar nichts sagen. Das Zimmer sah aus, als ob wir uns in einem Zoo befinden würden. Alex hatte die Wände mit Bäumen und Tieren bemalen lassen. Das hatte er in der Zeit organisiert, als ich im Krankenhaus lag. Die Möbel hatte er selbst zusammen gebaut. Wir wollten es gemeinsam machen, aber dann war unser Kind ja viel zu früh geboren.

„Das Zimmer ist ein Traum. Das hast Du wirklich super gemacht. Ich danke Dir!" sagte ich.

„Jetzt kann unsere gemeinsame Zukunft endlich beginnen. Jetzt sind wir eine Familie!"

In diesem Moment hatte unser Junge ein Lächeln im Gesicht. Ihm schien das zu gefallen.

Ein paar Jahre später…..

„Mama, ich habe Hunger."

Unser Sohn Maxi, eigentlich Maximilian, zog an meinem Hosenbein.

Ich saß an der Rezeption der Pension. Maxi hatte bis eben draußen auf dem Hof Fußball gespielt.

„Willst Du zu Papa rüber gehen?" fragte ich.

Maxi nickte und lief so schnell er konnte in die Küche der Pension.

Alex stand am Herd und hob Maxi hoch, damit er in die Töpfe schauen konnte.

„Papa, ich will einen Kloß mit Soße!" sagte Maxi laut.

Ich war Maxi in die Küche gefolgt.

„Schatz, Dein Sohn möchte etwas essen. Fußballer haben immer Hunger", sagte ich lächelnd.

„Der Junge weiß halt, wo er etwas Gutes bekommt!"

Alex grinste.

Unsere Pension war die letzten Jahre ständig ausgebucht, vor allem seit Alex zwischen den Dreharbeiten hier Kochkurse anbot. Die Gäste kamen natürlich auch, um ihrem Idol nahe zu sein. Und wo ging das besser als beim Kochen.

Es wurde ein voller Erfolg und Alex konnte so beide Berufe miteinander verbinden. Er war dadurch oft zuhause. So hatte er mehr Zeit für die Kinder und mich.

Maxi war jetzt fünf und unsere Tochter Paulina wird im nächsten Monat drei Jahre alt.

Im Sommer kommt dann unser drittes Kind auf die Welt.

Da soll mal einer sagen, dass man zum Maßanzug keine Wanderschuhe tragen kann. Bei uns passt es perfekt!

Bibliografische Information der Deutschen Nationalbibliothek: Die Deutsche Nationalbibliothek verzeichnet diese Publikation in der Deutschen Nationalbibliografie; detaillierte bibliografische Daten sind im Internet über dnb.dnb.de abrufbar.

© 2022 Ira Fay
Herstellung und Verlag: BoD – Books on Demand, Norderstedt
ISBN: 9783755758594